Contraste insuffisant

**NF Z 43**-120-14

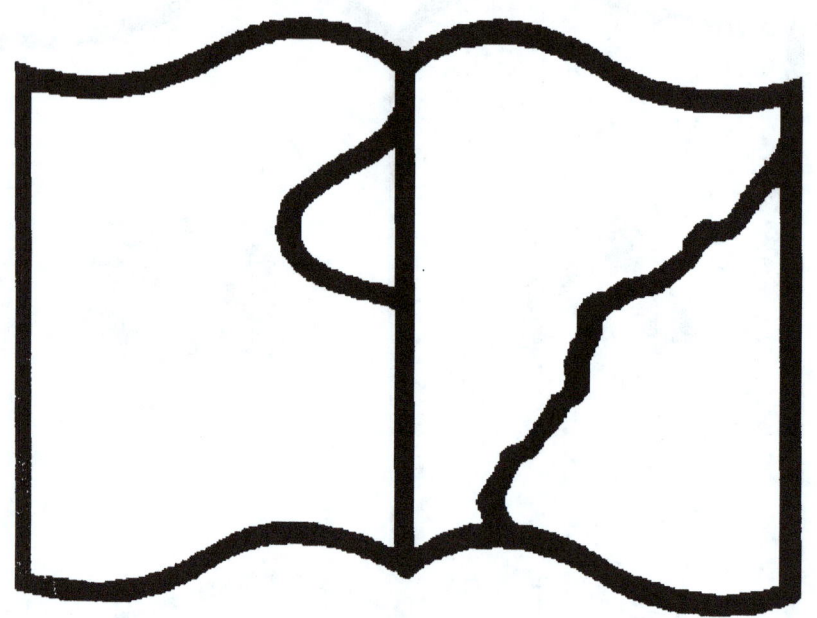

Texte détérioré - reliure défectueuse

**NF Z 43**-120-11

# NOUVELLES
# ÉTUDES ANGLAISES

# CALMANN-LÉVY, ÉDITEUR

---

## DU MÊME AUTEUR

Format in-18.

Format in-8.

---

---

IMPRIMERIE CHAIX, RUE BERGÈRE, 20, PARIS. — 14958-10-95. (Encre Lorilleux).

# JAMES DARMESTETER

---

# NOUVELLES
# ÉTUDES ANGLAISES

AVANT-PROPOS DE

MADAME MARY JAMES DARMESTETER

C·L

PARIS
CALMANN LÉVY, ÉDITEUR
ANCIENNE MAISON MICHEL LÉVY FRÈRES
3, RUE AUBER, 3
---
1896

# AVANT-PROPOS

Mon mari était certainement un des hommes de France qui connaissaient le mieux l'Angleterre. Il avait deviné l'âme anglaise avant de l'apprendre. Il la voyait d'en dedans, par la poésie, par la chanson populaire, par l'esprit moral, aussi bien que dans sa puissance extérieure de politique et de colonisation. Il savait interpréter l'un par l'autre. Mieux que cela : des deux races, profondément dissemblables, qui peuplent le Royaume-Uni, il connaissait l'Anglaise enthousiaste pour le moins aussi bien que l'Anglais autoritaire et positif. Bref, ce qu'il tenait le plus fermement, c'est le côté presque insaisissable d'une nation étrangère, ce qui est instinct, âme, tradition. ce qui inspire et ne s'exprime pas. Cette pénétration intime est le caractère essentiel des *Études anglaises*.

a

La poésie anglaise ne ressemble à nulle autre.
Dans le grand orchestre du monde elle est la harpe
éolienne. Son chant aérien, presque sans forme extérieure, tissé de demi-tons et de demi-teintes, fait de
vibrations intimes et subtiles, ce chant délicat sait
pourtant s'élever jusqu'au cri le plus absolu de la
passion, ou bien lancer, comme une fontaine de
miracle, un jet de pensée lucide, haute et pure. Le
sanglot rauque d'Othello, le sourire mystique de la
Sensitive de Shelley, sont les deux pôles de la
poésie anglaise. Monde étonnant de rêve et de
sensation — souvent invraisemblable, désordonné,
fantasque — mais *toujours sincère :* Voilà le secret
de son charme ! Chose étrange, il n'existe pas de
littérature où le convenu, l'artificiel, ait moins de
part que dans cette poésie qui exprime le cœur
caché d'une nation dominée par la peur du qu'en-
dira-t-on et la tyrannie du *cant*.

Quand, pour la première fois, James aborda l'Angleterre, il savait déjà l'anglais. C'était en 1877 : il
venait d'avoir ses vingt-huit ans. Déjà connu comme
Zendisant, professeur déjà à l'École des Hautes-
Études, il traduisait en anglais, pour la collection de
Max Müller, le texte Zende du *Vendidad*. L'effort
inouï d'interpréter dans une langue étrangère une

langue morte hérissée de difficultés, et dont le vrai sens était souvent perdu, ne fit pas fléchir la constance du jeune savant. Le corps si frêle, l'âme si délicate de James recélaient un principe de volonté indomptable ; et tout devient possible à qui sait vouloir avec suite. Ce n'est pas l'obstacle à vaincre qui pouvait le faire céder. Mais, quand au milieu de ce travail aride, si peu conforme au génie sensitif et passionné de mon ami, il eut comme la subite révélation de la poésie anglaise — c'est là, j'avoue, que Zoroastre courut grand danger d'apostasie. « Alors je me mis presque à haïr la science, — m'écrivait-il un jour. — Je voudrais faire connaître en France la littérature anglaise. »

Ce n'était qu'une révolte passagère ; James avait déjà choisi sa voie. Son dévouement à la science était trop profondément enraciné pour être à la merci d'un engouement, voire d'une passion. Sans sacrifier sa prédilection pour la littérature anglaise, il savait la subordonner à sa carrière préconçue. Il avait déjà arrêté son idéal ; il savait y faire converger toutes ses actions ; assimiler, et même faire servir à une fin constamment voulue les choses en apparence les plus disparates. Zoroastre allait profiter des infidélités passagères de son jeune prêtre, — son

« Dastour français », comme on disait à Bombay : le style admirable du Vendidad d'Oxford, les impressions de voyage de James dans le pays des Mages y ont gagné je ne sais quoi de sincère et d'achevé.

Donc il renonça à son rêve de refaire l'œuvre colossale de M. Taine. Il se contenta d'écrire quelques Essais pleins de pensée et un petit livre sur Shakspeare, à éditer quelques poésies de Byron et le drame difficile et grandiose de *Macbeth*. Cependant, dans ses heures de loisir, il se laissait aller à écouter en anglais l'écho des idées maîtresses de sa vie. C'est ainsi qu'il eut la fantaisie de suivre les fortunes posthumes de Jeanne d'Arc en Angleterre, de mirer le reflet tragique de la Révolution dans l'âme d'un poète anglais. Ce sont là les délassements d'un esprit singulièrement délicat et élevé. Mais, dans son article sur George Eliot, il y a plus que cela. Pour James, né en 1849, George Eliot était ce qu'est Tolstoï pour ses frères cadets de 1860, ce que Nietzsche est en passe de devenir pour les jeunes gens nés au lendemain de la guerre : c'est-à-dire moins un grand écrivain qu'un symbole moral.

Dans ces mots d'Eliot, Tolstoï, Nietzsche, ils font tenir une théorie de la vie, un évangile d'altruisme, de pitié ou de révolte. Tout ce qu'il y avait dans l'âme de James de tendre commisération pour la douleur humaine ; toute sa foi profonde en le devoir et le sacrifice ; l'empire que l'idée de loi exerça toujours sur son esprit ; sa conviction que le monde s'achemine lentement vers de meilleurs destins ; son attente prophétique d'une race nouvelle qui aura étouffé dans son cœur ce qui trompe et ce qui trouble pour vivre enfin du prix de tant d'efforts ; sa large indulgence aussi, cette patience qui ne s'étonnait ni ne désespérait de rien ; son profond besoin de se faire une morale « une morale à moi » et de refondre la foi surannée des ancêtres dans une religion nouvelle — il mettait tout cela dans son culte pour George Eliot.

A tout cela il joignait son culte pour la femme. Il voyait en elle quelque chose de sacré et de mystérieux. Pour lui, comme pour les Germains de Tacite, une femme valait surtout en tant qu'elle savait souffrir et oser : George Eliot avait certes plus souffert et plus osé qu'une autre ; et ainsi, par son génie créateur, par ses idées morales, et même par les circonstances de sa vie, cette femme qu'il n'avait jamais vue devenait pendant une dizaine d'années comme le symbole vivant de la pensée de mon ami.

*a.*

Toutes ces idées l'avaient fait pénétrer bien avant dans l'âme anglaise. Mais s'il connaissait l'Angleterre, ainsi que je l'ai dit, surtout d'en dedans, il ne négligeait pas pour cela les vastes dehors de l'empire britannique.

Il voyait les grands côtés de cette loi juste mais sans amour, de ce joug d'airain imposé avec une équité impersonnelle à tant de races et tant de religions diverses. La paix anglaise lui semblait grandiose et dure comme la paix romaine. Pourtant, si son admiration allait à la rectitude du fort, ses plus chaudes sympathies s'émouvaient pour la révolte inefficace du faible, pour le Celte en Irlande, pour l'Indien dans l'Inde, et d'autant plus qu'il voyait l'inutilité d'un effort condamné à se briser : car une poitrine nue est peu de chose pour combattre un glaive. Il admettait pourtant cette tyrannie de l'Angleterre qui est une éducation pour la race faible qu'elle domine ; et il croyait que le Fénian maudissant le Sassenach, l'Hindou subissant avec un sourire haineux les dédains du fonctionnaire anglais, sont heureux, comparés à ce qu'ils seraient sans la contrainte qui les maintient dans la voie du progrès.

C'est à un moment de sa vie singulièrement

triste et terne (et cela malgré les plus brillants
succès extérieurs) que James concevait le projet
hardi d'aller aux Indes anglaises, chercher parmi
les parsis de Bombay les traditions de la religion de
Zoroastre, et puis collectionner, sur la frontière du
Nord-Ouest, les chansons populaires afghanes. Il
pensa y aller servir la science, et mourir. Mais ce
voyage, entrepris dans un esprit de découragement
profond, allait être une des rares, des vraies joies de
sa vie. Quelque chose de la magie, du miracle, de
l'émerveillement de ce beau voyage dans le pays
des rêves restera pour toujours dans les pages
enchantées des *Lettres sur l'Inde*. Partout il fut fêté,
reçu en ami par le gouverneur de Bombay, en frère
adoptif par les officiers du mess d'Abottabad, en
savant collègue par les doctes archiprêtres de
Zoroastre à Bombay, en confrère ès lettres afghanes
par les plus distingués mendiants des foires de
Péchaver; il aimait et comprenait tout ce monde
étonnamment divers; également chez lui dans
les palais de l'administration britannique et dans
la prison où quelque poète en haillons, plus ou
moins assassin, lui chantait ses ballades incen-
diaires. Les Mounshis d'Abottabad, le voyant aller
et venir si tranquille sur son poney à la grave

démarche, l'appelaient « le petit missionnaire »,
*Chota padre Sahib*. Mais pas un missionnaire de
toutes les provinces du Nord-Ouest ne connaissait
comme lui l'âme indigène.

C'est dans son jardin de Péchaver qu'il lut un
jour le *Jardin italien* de Mary Robinson et se dit
qu'à son retour des Indes, il faudrait faire la connaissance de l'auteur. Pour des raisons que tout le
monde peut comprendre, j'ai beaucoup hésité à
insérer dans ce recueil les quelques pages inspirées
par ces poésies : elles sont l'expression d'une sympathie personnelle bien plus qu'un jugement critique.
Mais, précisément à cause de cela, elles comptent
parmi les plus belles choses que mon ami ait écrites ;
elles jettent sur sa pensée comme un reflet d'aube.
Et s'il me semble indiscret de les garder, il
m'aurait semblé presque impie de les supprimer.
Qu'on les prenne donc pour ce qu'elles sont : le chant
lyrique d'une âme enthousiaste.

Plus d'un an s'écoula dans l'Inde aux nuits d'argent ; il fallait revenir, tirer au clair l'immense
somme de notes prises dans la solitude du Bengalou
de Péchaver ou dans les collections manuscrites des
savants *mobeds* de Bombay. James revenait en France,
mais il ne perdait pas de vue ses amis de là-bas.

Notre petit salon de la rue Bara s'accoutumait aux graves figures indiennes. Comment oublier notre ami, l'archiprêtre Jivanji Jamshidji Modi, dont l'âme curieuse de dilettante lettré s'agite librement derrière les formules rigides de sa foi antique ? Le vénérable Tahmuras ne m'était connu que par ses lettres et par les services qu'il rendait à mon mari en lui communiquant des manuscrits très précieux.

Mais, si j'ai oublié le nom, j'ai vivant dans la pensée le visage basané d'un ascétique envoyé du Brahma-Samâj, qui venait souvent causer avec James. On aurait dit un Saint-François guzerati. Comme il ne savait guère de français, et disait à peine quelques mots d'anglais, nous ne pouvions causer, lui et moi, que de choses fort simples.

— Vous devez trouver la vie chère à Paris ? lui dis-je un jour.

— Mais non, me répondit-il, deux sous de pain, trois sous de lait !

Et il rouvrait les flots de son parler guzerati. Il faisait, cet ascète, un livre sur la civilisation en France, qu'il illustrait par des photographies fort diverses achetées sous les arcades de la rue de Rivoli ; et il aimait confier à mon mari le résultat de ses méditations.

De tous ces amis d'outre-mer, le plus cher était Bahramji Malabari, cœur d'apôtre, intelligence de grand publiciste. Mon James n'a pas eu le temps d'ajouter à son compte rendu de l'œuvre de Malabari, quelques mots sur son livre de l'année passée : *The Indian eye on English life*, livre surprenant, d'une dignité sans raideur et sans dédain, d'une liberté d'esprit haute et large. Une des dernières joies de James, une de ses dernières sorties, fut sa rencontre avec M. Malabari à la fin du mois de septembre dernier. Nous étions à Maisons. M. Malabari traversait Paris, il était fort souffrant et ne pouvait venir jusqu'à nous.

James, qui ne pensait jamais à lui-même et qui ne voulait pas admettre que, lui aussi, avait besoin de ménagements, allait à Paris passer la journée avec son ami de Bombay. « Jamais on n'a tant causé en quelques heures, » me dit-il en rentrant ; et pendant toute la soirée il continuait à parler, avec une animation joyeuse, des mille projets de Malabari. Cependant celui-ci poursuivait son voyage. Arrivé à Bombay, un peu après le 19 octobre, il apprit par dépêche la mort de James. Ah ! toujours je me rappellerai l'explosion de pitié, d'admiration, de douleur, que cette atroce nouvelle arracha du cœur

des Indes! Il n'y a pas un Parsi de quelque
marque qui ne m'ait fait savoir le respect et l'affection qu'il garde à la mémoire de mon mari.

« Que voulez-vous que nous fassions pour lui ? »
m'écrivaient-ils. Et j'avais pensé qu'on pouvait
donner son nom à quelque parvis de Temple.
Mais M. Malabari, toujours généreux, a trouvé
mieux que cela. Grâce à ses efforts on va fonder,
à cette université de Bombay dont mon mari était
membre libre, une bourse pour les recherches
zoroastriennes qui portera le nom de Prix James
Darmesteter. Son nom continuera à vivre, avec
celui d'Anquetil Duperron, au milieu des autels
fleuris de Colaba. Et longtemps encore, au bord de
la mer des Indes, on se rappellera la vaste science,
le cœur doux et chaud, la frêle personne, les façons
dignes et aimantes, et toute l'exquise simplicité du
dernier Dastour de France.

MARY DARMESTETER.

# NOUVELLES ÉTUDES ANGLAISES

# JEANNE D'ARC EN ANGLETERRE

La vie de Jeanne d'Arc en Angleterre, depuis sa mort jusqu'à nos jours, se divise en trois périodes : sorcière, — héroïne, — sainte ; d'abord deux siècles d'insulte et de haine, puis un siècle de justice humaine ; enfin, en 1793, s'ouvre une ère d'adoration et d'apothéose.

J'essaye, dans les pages qui suivent, d'esquisser à grands traits ces trois périodes. Nous aurons dans les débuts bien des dégoûts à traverser : mais, à mesure du voyage, le ciel s'éclaire, et la huée des bourreaux de 1431 se termine en hymne de gloire. Nulle part, en

Europe, la divinité de Jeanne n'a été plus profondément sentie ni plus fervemment proclamée que par les descendants de ceux qui l'ont brûlée.

# PREMIÈRE PÉRIODE

## LA SORCIÈRE

Nous n'avons point sur Jeanne d'Arc de document anglais contemporain [1]. Nous ne connaissons guère l'impression qu'elle produisit sur l'ennemi que par les écrivains français du temps. Quand elle parut devant le camp anglais, à la fin d'avril 1429, la terreur de son nom avait déjà précédé sa présence. Les longs mois qui s'écoulèrent entre son départ de Domremy et son apparition sous les murs d'Orléans, tout consumés à vaincre l'apathie du Dauphin, la mauvaise volonté des courtisans, les scrupules

1. Quelques allusions seulement, que l'on trouvera plus bas.

de l'Église, n'avaient pas été absolument perdus pour la lutte, et l'Anglais, sans l'avoir vue, sentait déjà qu'un nouvel acteur était entré en scène. L'enthousiasme du peuple qui, du premier coup, avait cru en elle et battait à l'unisson de son cœur ; cette flamme subite d'espérance et de confiance qui venait d'embraser ces vaincus d'un siècle de guerre ; cette immense attente d'un revirement inouï qui tenait la France en suspens d'un bout à l'autre, avaient par contre-coup obscurément troublé les Anglais. Trop habitués à la victoire pour soupçonner le lendemain qui les attendait, ils sentaient cette vague inquiétude qui n'est pas encore le découragement, mais d'où le découragement va sortir au premier revers. Vers la fin d'avril 1429, des détachements français s'étaient introduits dans Orléans, annonçant « le grand secours », et les généraux anglais avaient reçu une lettre de Jeanne, les sommant, par ordre de Dieu, d'évacuer le royaume de France : « Archers anglais, compagnons de guerre, nobles et autres, qui êtes devant Orléans, allez-vous-en en votre pays, de par Dieu. Roi d'Angleterre, si vous n'obéissez, sachez qu'en quelque lieu de France que j'atteigne vos gens, je les en ferai sortir bon gré mal gré, car je suis envoyée par Dieu, le Roi du ciel, pour vous mettre hors de toute France. Si vous obéissez, je vous prendrai à merci. Mais si vous ne voulez croire les paroles de Dieu et de Jeanne, en quelque lieu que nous vous trouvions, nous frapperons, et il y aura une révolution telle qu'il n'y en aura pas eu en France de mille ans. » Elle leur offrait la paix et, s'ils le voulaient, l'alliance de la France pour aller de compagnie accomplir une grande œuvre chrétienne [1]. Les généraux anglais, « tenant à moquerie tout ce qu'elle leur avait écrit », gardèrent prisonnier le héraut qui portait le message, et dirent d'elle « moult de vilaines paroles, l'appelant ribaude, vachère, et menaçant de la faire brûler [2] ». Ils insultaient, mais tremblaient déjà : le 29 avril, quand l'armée de secours

---

1. On crut un instant en France et à l'étranger que Jeanne était destinée à réunir toute l'Europe dans une dernière et décisive croisade et à rétablir la concorde dans la chrétienté. Mettons : triomphe de la civilisation européenne, paix universelle, et nous aurons en langue moderne le rêve du moyen âge, celui dont l'Europe attendait la réalisation de Jeanne.

2. *Journal du siège d'Orléans.*

parut devant leurs bastilles, aux chants de
l'hymne *Veni, creator spiritus*, avec Jeanne en
tête, sur son cheval blanc, portant la bannière
blanche aux anges fleurdelisés, ils laissèrent
défiler en paix et regardèrent en silence, comme
devant une légion surnaturelle. Entrée dans la
ville, elle adresse en personne à l'ennemi une
nouvelle sommation, du haut d'une tourelle
qui regardait les bastilles anglaises; Glansdale
lui répond par de nouveaux outrages; elle
pleure, puis s'écrie : « Malgré tout, vous par-
tirez tous; mais toi, Glansdale, tu ne le verras
pas. » Le 7 mai, à l'assaut des Tournelles, le
peuple d'Orléans, transporté, voit le patron de
Jeanne, saint Michel, et les saints de la ville,
saint Aignan et saint Euverte, accourir sur des
chevaux blancs en tête des armées; les Anglais,
eux, voient les Français se multiplier à l'infini
et « l'univers entier s'amasser sur leurs murs ».
Glansdale fuit : « Rends-toi, lui crie Jeanne,
rends-toi au Dieu des cieux, je te fais grâce. »
Il se précipite sans répondre sur un pont-levis;
un boulet fracasse le pont et lance dans l'abîme
l'homme qui avait insulté Jeanne.

C'est l'œuvre du ciel, s'écrie la France;

l'œuvre de l'enfer, répondent les chefs anglais; pauvre consolation et qui ne rassure point le soldat, qui vient d'éprouver que l'enfer n'est pas moins invincible que le ciel. De l'enfer ou du ciel, elle marche de triomphe en triomphe. Orléans est délivré, l'invincible Talbot vaincu et pris, la Champagne reconquise, le Dauphin sacré roi à Reims. Le régent anglais, Bedford, envoie un cartel au roi de France pour dénoncer l'emploi des forces réprouvées et le stigmatiser devant l'opinion publique de France et d'Europe. Il l'accuse de « séduire et abuser le peuple ignorant, de s'aider de gens superstitieux et reprochés, comme d'une femme désordonnée et diffamée, en habit d'homme, et de conduite dissolue[1] ». Les manifestes du régent sont aussi impuissants que ses armes. Jadis, deux cents Anglais mettaient en fuite huit cents Français; à présent, c'est à huit cents Anglais à fuir devant deux cents Français[2]. La terreur de Jeanne passe le détroit : les capitaines qui ont engagé leurs services au roi d'Angleterre refusent de s'embarquer : en

1. Monstrelet.
2. *Journal du siège.*

1.

mai 1430, le régent d'Angleterre, le duc de Gloucester, est obligé de lancer une proclamation « contre les capitaines et soldats qui manquent à leur devoir, terrifiés par les enchantements de la Pucelle [1] ». On les jette en prison, on saisit leurs biens, et la désertion continue : en décembre 1430, nouvelle proclamation contre les « déserteurs qui fuient de l'armée sous l'épouvantail de la Pucelle [2] ». Le duc de Bedford, rendant compte au roi d'Angleterre des désastres de France, accuse plaintivement les terreurs superstitieuses de son armée et « les enchantements de cette femme diabolique »; « c'est à Orléans qu'a commencé la malchance, causée en grande partie, je crois, par le fait d'une déplorable croyance et de la crainte impie qu'ils entretenaient d'un disciple et membre du démon, nommé la Pucelle [3], qui faisait usage de faux

1. Contra capitaneos et soldarios tergiversantes incantationibus Puellæ terrificatos. (Rymer, *Pacta Fœdera*, X, 3 mai 1430.)

2. De fugitivis ab exercitu, quos terriculamenta Puellæ examinaverunt, arrestandis. (*Ibid.*, 12 décembre 1430.)

3. Incantamentis diabolicæ Fœminæ, quam Puellam nuncupant.

enchantements et de sorcellerie[1]!... ce qui réduisit considérablement le nombre de vos troupes et affaiblit le courage de celles qui vous restaient, d'une merveilleuse façon. »

Le voilà enfin aux mains des Anglais, « ce démon et restaurateur des affaires de France ». Mais, prisonnière, elle les paralyse encore ; ils n'osent assiéger Louviers tant qu'elle est vivante ; le charme agit sur le cœur des soldats à travers les murs du cachot. On la brûle.

Brûlée, il faut la flétrir devant l'Europe. Jeanne d'Arc avait remué l'Europe autant que la France : l'Allemagne avait salué *la Sibylle de France*, l'Italie « l'envoyée du Roi des cieux ». Le régent fait écrire par ses clercs des circulaires à l'empereur et aux rois et princes d'Europe, ainsi qu'aux seigneurs et à tout le clergé de France, déclarant que Jeanne est morte en désavouant les mauvais esprits qui l'avaient déçue « et en demandant pardon aux Anglais et aux Bourguignons ».

La conscience anglaise n'était point tranquille : ces apologies étaient un aveu. Il n'est

1. A Disciple and Lyme of the Feende, called the Pucelle, that used fals Enchauntments and Sorcerie...

pas improbable que parmi les Anglais mêmes
plus d'un cœur doutait. Pendant le procès, un
lord, entendant Jeanne et « cette parole qui
était comme une épée vivante [1] », n'avait pu
retenir ce cri : « La vaillante femme ! Que
n'est-elle Anglaise ! » Elle avait fait des con-
versions sur le bûcher : un Anglais qui avait
juré d'apporter un fagot approcha au moment
qu'elle rendait l'âme ; il tomba faible, il avait
cru voir une colombe blanche s'envoler de
ses lèvres. Un secrétaire du roi d'Angleterre,
revenant du supplice, avait dit : « Nous sommes
perdus, nous avons brûlé une sainte. » A mesure que les désastres s'accumulèrent, lors-
qu'on vit que le charme survivait à la magi-
cienne, et qu'en jetant ses cendres au vent on
n'avait fait que jeter aux quatre vents de la
France l'âme même de Jeanne, beaucoup
durent se dire que décidément le ciel était
avec elle et que c'était contre Dieu que l'Angleterre avait lutté. La guerre civile, la guerre
de ces deux Roses dont les racines devaient

1.                    her whose word
          Was so oft a living sword.
                              (Sterling, *Joan of Arc.*)

bientôt s'arroser de tant de sang, germait déjà. Dans la polémique des partis, qui préludait à la guerre par les récriminations ordinaires et s'alimenta d'abord des revers de la politique étrangère, le nom de Jeanne fut peut-être plus d'une fois jeté, en outrage ou en reproche, à la face des hommes qui avaient perdu la France : les partis d'opposition rendent volontiers hommage aux gloires de l'étranger quand elles servent à humilier leurs adversaires, et la haine civile profite à l'équité internationale. Mais ce sont là de simples suppositions, que l'absence presque absolue de documents historiques pour les premières années de Henri IV ne permet point de vérifier. Le seul annaliste de l'époque, William de Worcester, n'a sur toute l'histoire de Jeanne d'Arc et de son temps que ces deux lignes :

« 1430 : le 23 mai de cette année, fut prise par les Anglais, près de la ville de Compiègne, une femme appelée *Pucelle de Dieu* [1]. »

Pour retrouver le nom de Jeanne d'Arc, il faut descendre cinquante ans après sa mort,

---

1. Ce titre ne se trouve que dans les historiens anglais. (Quicherat, *Procès de Jeanne d'Arc*, IV, 475.)

jusqu'à la *Chronique* de Caxton. William
Caxton, le Gutenberg anglais, dont l'Angleterre fêtait il y a quelques ans le jubilé, était
né la même année que Jeanne d'Arc. C'était
un brave commerçant qui avait fait de la
mercerie jusqu'à l'âge de soixante ans. Retiré
des affaires, il s'improvisa imprimeur, et l'une
de ses premières éditions est une *Chronique
d'Angleterre*, qu'il avait compilée lui-même
avec les chroniques antérieures. Cette chronique, publiée en 1480, contient une page sur
Jeanne d'Arc [1] : le personnage n'y est pas
encore défiguré avec la fureur qui paraît dans
les chroniques suivantes. Caxton rend hommage à sa valeur ; il donne seulement créance
à un conte qui, probablement, date de l'époque
même du procès et avait été mis en circulation
pour en expliquer les lenteurs, conte qui avait
le double avantage d'enlever à la victime son
auréole de pureté et de jeter un rayon d'humanité sur ses bourreaux. Jeanne aurait feint
d'être enceinte pour obtenir un sursis à son
exécution. « En ce temps-là, dit le chroni-

---

1. Quicherat, *Procès de Jeanne d'Arc*, page 476.

queur, le Dauphin commença à fort harceler les Anglais, avec l'aide de ses capitaines, à savoir La Hire et Poton de Xaintrailles, et en particulier d'une jeune fille qu'ils nommaient la *Pucelle de Dieu*. Cette jeune fille chevauchait comme un homme et était un vaillant capitaine parmi eux : elle fit de grandes entreprises, tant qu'ils avaient confiance de recouvrer par elle toutes leurs pertes. Néanmoins, après de grands exploits, elle fut prise à la fin par le secours et la vaillance de Jean de Luxembourg; devant la ville de Compiègne, le 22 mai, ladite pucelle fut prise sur le terrain, armée comme un homme, et beaucoup de capitaines avec elle. Ils furent tous amenés à Rouen, où elle fut jetée en prison et condamnée judiciairement à être brûlée. Alors elle déclara qu'elle était enceinte ; on lui accorda un sursis ; mais, à la fin, on reconnut qu'elle ne l'était pas, et elle fut brûlée à Rouen. Les autres capitaines furent mis à rançon et traités comme on traite les gens de guerre. »

Le témoignage de Caxton est particulièrement précieux, car c'est après tout celui d'un contemporain ; quoiqu'il écrive cinquante ans après l'événement, il avait près de vingt ans au moment de l'apparition et de la mort de Jeanne; il est probable qu'il donne son impression personnelle, et par suite celle des Anglais modérés et intelligents du temps. A part le mensonge final, qu'un habitant de l'île n'avait guère le moyen de contrôler et qu'il acceptait tout fait des mains des Anglais de France, le récit est aussi impartial et aussi convenable qu'il pouvait l'être dans la bouche d'un ennemi à cette époque. C'est celui des écrivains de la faction bourguignonne. La dernière ligne : « les autres capitaines furent traités comme on traite les gens de guerre », est pleine de réticences : Caxton sous-entend, et désavoue par son silence, les accusations sous lesquelles on l'a fait périr.

La scène change avec les successeurs de Caxton. Ils ne connaissent plus Jeanne par tradition personnelle ; ils ne la connaissent plus que par le préjugé national, d'une part, et, d'un autre côté, par les récits français qui, en exaltant l'héroïne, exaspèrent le chauvinisme anglais. Les chroniques anglaises, désormais, en tout ce qui touche Jeanne, ne sont qu'une polémique furieuse contre les chroniques de France. Le feu est ouvert par l'alderman de Londres, Robert Fabyan, qui écrit au commencement du XVIᵉ siècle, environ soixante-dix ans après l'événement, les *Nouvelles Chroniques d'Angleterre et de France* [1] : « En ce temps-là, dit-il, beaucoup d'escarmouches se livrèrent entre les Anglais et les Français dans diverses parties de France ; les Français eurent de beaucoup l'avantage, par l'aide d'une femme qu'ils appelaient la *Pucelle de Dieu*. » Suit l'histoire de Jeanne, dans les mêmes termes à peu près que dans Caxton. Puis il prend à partie les écrivains français, comme Gaguin, « qui font si grand bruit de l'histoire de cette femme » ; il donne leur version des premières années de Jeanne, la scène de la reconnaissance du Dauphin, la découverte de l'épée de Fierbois, en supprimant toutefois d'autres détails, si obscurs et si fantastiques qu'il ne veut pas en salir son livre. Il enregistre ses victoires, puis

1. *The new Chronicles of England and France*. Ed. Ellis, 1811.

ajoute avec un soupir de soulagement : « Mais le Dieu tout-puissant, qui permet un moment que la sorcellerie et les voies démoniaques prospèrent et règnent pour le châtiment des pécheurs, à la fin, pour montrer son pouvoir et pour empêcher les gens de bien de tomber dans l'erreur, dévoile le mystère de ces ténèbres ; et ainsi fit-il dans ce cas ; car elle fut prise par un chevalier bourguignon, envoyée à Rouen et brûlée pour ses démérites. »

L'honnête alderman donne le ton à tous les chroniqueurs qui suivent.

Copié par John Stowe, il est développé tout au long par Hall [1], « qui veut dire quelques mots de cette étrange aventure, parce que les Français, et en particulier Jean Bouchet en ont trop écrit ».

« Comme Charles, raconte le chroniqueur, était à Chinon, à réunir ses troupes pour délivrer Orléans, vint à lui en habit d'homme, une jeune fille de vingt ans nommée Jeanne ; ce n'était qu'une fille d'auberge, une garçonnière, hardie à monter les chevaux et à les

1. Éd. de Londres 1809, page 148.

mener boire [1], et à faire toutes sortes de choses dont les jeunes filles ont horreur et honte. Néanmoins, dit-on, soit qu'elle fût trop laide pour inspirer aucun désir, soit qu'elle eût fait vœu de chasteté, elle avait gardé sa virginité. Envoyée comme un prodige au Dauphin, elle lui conte ses visions, ses extases et autres fables pleines de blasphème, de superstition et d'hypocrisie, à faire qu'on s'émerveille que des hommes sensés aient pu croire et que des clercs instruits aient pu rapporter de pareilles sornettes. Elle reconnaît le Dauphin, déterre l'épée de Fierbois, donne à Charles des messages de Dieu qui lui arrachent des larmes, tant il était égaré, tant il était aveuglé, tant il était déçu par les artifices du diable, qui permettait qu'elle commençât sa carrière pour la récompenser à la fin par une chute honteuse. Pour l'instant, elle réussit; elle est sainte; elle reçoit une armée, elle triomphe. Mais enfin elle est prise à Compiègne et envoyée au duc de Bedford à Rouen, où,

1. C'est la version du Bourguignon Monstrelet, qui ne tient pas devant les témoignages directs du procès : elle a fait fortune avec les rationalistes du xviii° siècle.

après un long procès, elle est réduite en cendres. Les Français ont exalté et glorifié cette sorcière, cette femme-homme, appelée la *Pucelle de Dieu*, disant que par elle les Anglais ont été souvent repoussés et abattus. O Seigneur! quelle honte pour la noblesse de France! quelle tache à la nation française! quel plus grand affront peut-on faire à un pays renommé, que d'affirmer, écrire et confesser que toutes les victoires notables, les conquêtes honorables, que n'ont pu obtenir le roi avec son pouvoir, la noblesse avec sa vaillance, le conseil avec sa sagesse, le commun peuple avec sa multitude, ont été l'œuvre d'une fille de bergère, d'une chambrière d'auberge, d'une engeance de mendiant! »

Nous arrivons à la Réforme : les haines nouvelles qu'elle déchaîne ne font pas tort aux haines anciennes. Un de ses premiers apôtres, l'évêque Bale, — le plus bilieux, d'ailleurs, des saints anglicans, — soucieux, à la façon de Hall, de l'honneur de la France, reproche à ses chroniqueurs « de vanter comme la libératrice de leur pays, non sans un insigne déshonneur de leurs propres princes, cette

Jeanne de Domremy, qui conduisit d'abord des porcs, puis les Français [1] ». C'était bien vite, pour un évêque réformé, oublier la crèche de Bethléem.

La fin du xvɪᵉ siècle produit la plus populaire des chroniques anglaises, celle de Holinshed, qui résume toutes les chroniques antérieures, et qui a, dans l'histoire de la littérature, cette importance particulière qu'elle est la grande carrière où Shakspeare a puisé les matériaux de ses drames nationaux. Holinshed donne d'abord le récit français, qu'il semble reproduire avec une certaine sympathie : « Elle passait pour être belle de visage, forte de taille et virile, de grand courage, hardie et robuste, devinant les conseils sans y assister ; une grande apparence de chasteté de corps et de conduite, le nom de Jésus sur les lèvres en toute affaire, humble, obéissante, jeûnant plusieurs jours par semaine ; une personne, selon leurs livres, suscitée par le pouvoir divin pour secourir le

---

1. Joannam illam Dampremam, *porcorum primo, postea Gallorum ductricem*, quam eorum Chronographi tam crebrò ab Anglorum jugo liberatricem, non absque insigni suorum principum ignominia, jactitant. (*Scriptorum illustrium majoris Britanniæ catalogus*, 1559.)

pays de France, alors dans une profonde dé-
tresse... *Ainsi chevauchait-elle, armée de toute
pièce, comme un gracieux capitaine.* » Mais « la
fin des marchands de miracles montre ce qu'ils
étaient » ; Jeanne est faite prisonnière, chose
étonnante, si elle était la sainte qu'elle jouait :
le matin même qu'elle fut prise, n'était-elle
pas allée se confesser à l'église de Saint-Jacques
et recevoir le sacrement? L'enquête à laquelle
l'Église se livre sur sa vie et sa foi prouve que,
quoique vierge, elle avait honteusement rejeté
son sexe par sa conduite et son costume, en
contrefaisant l'homme, qu'elle s'était montrée
d'un manque de foi damnable, qu'elle avait
été un instrument pernicieux de guerre et de
carnage, en toute sorcellerie et magie démoniaque. On lui avait fait grâce, à condition
qu'elle renoncerait à son costume dénaturé et
qu'elle abjurerait ses pratiques pernicieuses ;
elle consent et jure : mais, trop pleinement
possédée du démon pour rester en état de
grâce, elle retombe aussitôt dans ses premières
abominations et pour prolonger ses jours aussi
longtemps qu'elle pourra, fût-ce au prix de
son honneur, elle se déclare enceinte. La bonté

du Régent lui accorde un sursis de neuf mois,
« à la suite duquel il paraît qu'elle avait été
aussi fausse en ce point que perverse dans le
reste » et, huit jours plus tard, déclarée
relapse et parjure, elle est livrée au bras sécu-
lier et ses cendres sont dispersées au vent.
« Son éducation campagnarde, grossière et
sans aucune instruction de vertu ; ses conver-
sations champêtres avec les mauvais esprits
dont elle se réclame et qu'elle prétend être la
vierge, sainte Catherine et sainte Anne, comme
si les saints pouvaient patronner le massacre
et le pillage ; ses appétits sanguinaires, le
meurtre de Franquet [1], son prisonnier ; ces
abominations continuées pendant deux années,
sans aucune démarche auprès des princes pour
la paix ; sa rechute ; tout cela, en dépit de sa
virginité (si toutefois réelle), en dépit de ses
paroles saintes, de ses jeûnes, de ses prières,
— artifices de Satan qui, comme le dit saint

1. Ce Franquet était une sorte de bandit anglo-bourguignon
qui pillait le pays de Lagny ; Jeanne d'Arc l'avait battu et
fait prisonnier ; elle voulait l'échanger contre un prisonnier
français : les magistrats de Lagny, ne le reconnaissant pas
comme soldat, exigèrent qu'il leur fût livré et le condamnèrent
à mort comme bandit.

Paul, peut se changer en ange de lumière pour tromper plus profondément, — tout cela crie manifestement son abomination à tout l'univers et justifie sa sentence et son exécution. »

C'est ainsi que se faisait l'histoire de Jeanne d'Arc deux siècles après sa mort; tels étaient les récits où allait se nourrir l'imagination populaire. Avec l'éclosion du drame historique, toute cette végétation de sottise et de haine va s'épanouir sur la scène, avec le relief et le grossissement du théâtre. Il reste de cette littérature un triste spécimen dans la première partie [1] du *Henry VI* attribué à Shakspeare.

Cette farce historique, écrite pour les applaudissements de la canaille, est trop connue pour qu'il soit besoin de s'y arrêter longtemps. Quand la scène s'ouvre, le Dauphin Charles est déjà roi et couronné à Reims et assiège sans succès les Anglais devant Orléans. Le bâtard d'Orléans lui amène une vierge, envoyée du ciel, qui le convainc de sa mission en se battant à bras-le-corps avec lui et le mettant

1. Représentée probablement en 1592.

à terre. Elle entre dans Orléans, d'où elle est ensuite chassée pendant la nuit : les Français s'enfuient en chemise, laissant leurs vêtements sur la scène. Elle prend Rouen par surprise, en déguisant ses soldats en paysans ; elle réconcilie avec le roi le duc de Bourgogne, **qui** est « ensorcelé par ses paroles ». Enfin, vaincue devant Angers, elle est prise pendant qu'elle se livre sans succès à des opérations magiques pour enchaîner les démons à sa cause. Le berger son père vient pour l'embrasser et mourir avec elle ; elle le renie et, pour en imposer aux Anglais, se proclame vierge royale, choisie par le ciel et inviolable ; les Anglais restant insensibles, elle fait appel à leur pitié en se déclarant enceinte des œuvres du roi, puis d'Alençon, puis du duc Regnier, et va enfin au bûcher en lançant des imprécations : « Brise-toi en pièces, répond le duc d'York, et consume-toi en cendres, exécrable ministre de l'enfer. » Ainsi finit la scène, en pleine ignominie.

On sait à présent que ce drame misérable, dans son ensemble et dans la masse des détails, n'est point de Shakspeare. Ce n'est point ici le

lieu d'exposer les raisons qui en donnent la
certitude morale. Shakspeare, au début de sa
carrière, était un simple adaptateur : il retou-
chait, selon les habitudes de théâtre du temps,
les drames antérieurs, quelquefois les refon-
dant, quelquefois les remaniant à peine.
*Henry VI*, et en particulier la première partie,
appartient à cette classe. Si sa main de débu-
tant a passé sur ce drame informe, le seul
passage qui rappelle sa manière est la scène
de l'évocation :

Au secours, mes charmes et mes talismans ! Et vous,
esprits choisis, qui me conseillez et me donnez les
signes des événements futurs,

(Tonnerre.)

Alliés empressés, lieutenants du monarque souverain
du Nord (Belzébuth), apparaissez et aidez-moi dans cette
entreprise !

(Entrent des démons.

Votre prompte apparition me prouve que vous me
continuez votre habituelle obéissance. Maintenant, esprits familiers, choisis parmis les puissantes légions
souterraines, secourez-moi cette fois, que la France
gagne le terrain !

(Ils restent sans parler.)

Oh ! ne me retenez pas ainsi en silence. Puisque
'étais habituée à vous nourrir de mon sang, je m'ar-

racherai un membre et vous le donnerai, en gage d'un nouveau bienfait, si vous condescendez à me secourir à présent.

(Ils baissent la tête.)

Point d'espoir de revanche ? Mon corps sera votre salaire, si vous m'accordez ma demande.

(Ils secouent la tête.)

Mon corps, le sacrifice de mon sang, ne peut-il vous ramener à votre service ordinaire ? Eh bien ! prenez mon âme : mon corps, mon âme, tout, avant que l'Angleterre ait le dessus sur la France !

(Ils partent.)

Voyez ! Ils m'abandonnent. Maintenant le temps est venu où la France doit voiler son panache à la plume altière et laisser tomber sa tête dans le sein de l'Angleterre ! Mes vieilles incantations ont été trop faibles ; l'enfer est trop fort pour que je lutte avec lui. A présent, ô France, ta gloire tombe dans la poussière !

La scène, souvent citée, de l'entrevue de Jeanne avec le duc de Bourgogne ne sort pas du lieu commun ; celle-ci, malgré des faiblesses d'expression, en sort. C'est bien là la façon dont on conçoit que Shakspeare, abordant le personnage avec les erreurs du temps, l'aurait élevé à la hauteur de son âme, par cette obscure sympathie qui fait qu'à travers l'ignorance et le préjugé, le génie, à l'aveugle, rencontre et reconnaît l'héroïsme : il y a pour lui un sens divin, et sa main, même hostile, agrandit et consacre tout ce qu'elle touche. Jeanne, dans cette scène, est toujours bien la sorcière imposée par la tradition; mais le Satan qui est en elle est grand comme le Satan de Milton : c'est le démon de la patrie. Il y a un rayon divin dans ses sortilèges; car c'est pour son pays qu'elle vend sa vie et son âme. « Si ma vie ne suffit, prenez mon âme, mais que la France ne soit point défaite! » C'est, deux siècles d'avance, le cri même de Danton : « Que ma mémoire soit maudite, mais que la France soit sauvée! » Et son dernier cri de désespoir, quand tout est perdu, quand ses dieux d'en bas l'abandonnent, ce n'est point le misérable rhapsodiste des scènes qui précèdent et qui suivent qui a pu le trouver. La première réhabilitation de Jeanne d'Arc en Angleterre vient de Shakspeare.

# DEUXIÈME PÉRIODE

## L'HÉROÏNE

*Henry VI* marque le point culminant dans cette longue tradition de haine et de calomnie internationale. Nous avons vu que jusqu'à un certain point il marque déjà partiellement une réaction de justice et de générosité. Ce n'est point, d'ailleurs, qu'on ait à signaler au xviiᵉ siècle un mouvement de réparation. Les guerres contre la France, qui remplissent le siècle, n'étaient pas faites pour adoucir les souvenirs. C'est à la veille de la guerre de la Rochelle que Drayton lance son chef-d'œuvre, le poème d'*Azincourt*, plein de l'esprit de *Henry VI* et des vieux drames nationaux.

2.

Cependant, comme malgré tout le siècle marche on ne croit plus guère aux sorcières : il y en avait encore beaucoup au commencement du siècle, mais le roi Jacques en avait tant brûlé qu'il n'en restait plus. Il fallait trouver autre chose. Il y en a qui se tirent d'affaire d'une façon bien simple : par le silence. Tel le chroniqueur William Martyn, chez qui Jeanne brille par son absence [1]. C'est la mort du duc de Salisbury à Orléans, la trahison du duc de Bourgogne, et surtout la *légèreté* des Français, passant de leur roi légitime au dauphin, qui font tout le mal. Les Anglais sont d'ailleurs vainqueurs en tout lieu : à Orléans, les Français les attaquent, sont repoussés en désordre, et « fuient comme les moutons devant le loup », ce qui permet au duc de Suffolk de lever le siège le lendemain, sans encombre ; les Anglais marchent, — à reculons, — de victoire en victoire, si bien qu'à la fin ils se retrouvent dans leur île, et Charles, à force de fuir, se réfugie jusque dans Paris et se trouve roi de France. Mais ce silence intrépide trouve peu

1. *The historie and lives of the Kings of England*, 1615.

d'imitateurs. Jeanne reparaît dans les chroniques
suivantes ; seulement, par égard pour le progrès
des lumières, elle est déchue de sorcière en
charlatane. Telle dans la chronique du chevalier Richard Baker, vénérable in-folio de 1643,
qui fut un siècle durant le trésor historique
du squire Anglais, que méditait sir Roger de
Coverley dans ses heures de philosophie et qui,
avec la *Bible de famille*, un Shakspeare, le
*Pèlerinage* de Bunyan et le *Livre des Martyrs*
de Fox, composait la bibliothèque héréditaire
du gentilhomme campagnard. « En ce temps,
dit le digne chevalier, s'éleva en France un
étrange imposteur : c'était une jeune fille,
nommée la *Pucelle*, qui prétendait être envoyée
de Dieu pour le bien de la France et pour
expulser les Anglais. Et de fait, elle eut quelque
succès ; car par sa conduite subtile, le roi fut
reçu en Champagne, et beaucoup de villes lui
furent rendues... Mais tout cela c'étaient de
pauvres conquêtes pour le roi de France. A la
fin, la Pucelle qui, peu avant, avait fait déca-
piter un capitaine anglais parce qu'il ne voulait
pas s'agenouiller devant elle, fut prise et
envoyée à l'évêque du diocèse, qui procéda

judiciairement contre elle comme sorcière, et après de longs délais, — promettant d'abord de révéler ses pratiques secrètes, puis feignant d'être enceinte, — elle fut brûlée publiquement à Rouen. »

Ce sont tous les contes d'autrefois ; un seul mot de changé : imposture au lieu de sorcellerie. Mais le changement est grave, et le brave Baker ne se doute pas qu'il est sur une pente dangereuse et qu'il a choisi une position où il sera difficile de se maintenir. L'imposture n'est pas une solution : la sorcellerie était un hommage déguisé à la grandeur surnaturelle de Jeanne ; amis ou ennemis, la merveille de sa vie éclatait à tous les yeux, et c'est parce qu'ils ne pouvaient la nier que les Anglais étaient forcés, sous peine de se condamner eux-mêmes devant Dieu et devant leur propre conscience, de reporter son œuvre aux puissances de l'enfer. Si l'enfer est hors de cause, si l'œuvre de Jeanne est son œuvre personnelle et humaine, elle ne peut plus être qu'une chose : la première des créatures humaines.

Une année avant la Chronique de Baker, en 1642, paraît un livre étrange qui trahit les premiers embarras de la pensée anglaise : c'est l'ouvrage d'un théologien non sans talent ni sans caractère, Thomas Fuller, un des plus courageux défenseurs de Charles Ier. Dans son livre de l'*État profane*, sorte de galerie de caractères à la Théophraste, avec portraits historiques à l'appui, après avoir donné la description de la sorcière, il donne comme modèles la Pythonisse d'Endor et Jeanne d'Arc. Mais pour Jeanne d'Arc, il n'est point très sûr de son fait. Il raconte, d'après le seigneur du Haillan, comment Jeanne d'Arc fut inventée par trois gentilshommes français, qui montèrent toute la comédie avec succès, grâce à l'enthousiasme crédule du peuple : « la fantaisie est la maîtresse place de la cité, et dès que la tête de l'homme est occupée par de ces fortes imaginations, tout le corps suit et est transporté »; les généraux poussèrent leur pointe, sans laisser aux esprits le temps de se refroidir : « car dès que l'imagination est sur pied, il faut la faire marcher; c'est comme un homme qui va sur des échasses dans des marais; dès qu'il s'arrête, il est en danger de tomber ». Cependant, de fort savants hommes ont pensé

qu'elle était sainte et inspirée. Peut-être aurait-
il mieux valu ne pas la condamner. « *Nullum
memorabile nomen Femineâ in pœnâ :* sa valeur
passée méritait l'éloge, sa misère présente, la
pitié. » « Cependant une chose certaine, c'est
qu'elle avait contracté deux habitudes inexcu-
sables. Elle portait le costume d'un homme,
ce qui est directement contre l'Écriture ;
observez tous les miracles des livres saints :
vous voyez bien des changements d'état, de
pauvre en riche, d'esclave en homme libre,
de mort en vif, mais point d'Æson rajeuni,
point d'Iphis changée en homme ou de Tirésias
en femme; chacun reste dans l'âge et le sexe
où la nature l'a mis. La conduite de Jeanne
était donc absolument irrégulière, comme
prêtant occasion à la licence, et, de fait, nos
écrivains anglais rapportent qu'elle avoua être
enceinte pour prolonger ses jours. Accordons
qu'elle était honnête : si elle ne brûlait pas
elle-même, elle pouvait enflammer les autres.
Autre faute : elle se rasait comme un moine,
ce qui est un solécisme en nature ; car leur
chevelure est le voile que les femmes portent
pour leur rappeler leur soumission à l'homme.

En cela, elle avait un goût de moinerie, ce qui rend suspect le reste de sa vie, et fait craindre qu'elle n'ait été envoyée pour sauver les moines aussi bien que la France. » De tout cela, le pauvre théologien ne sait comment se tirer ; il sort d'affaire en renvoyant la décision au jour du Jugement dernier ; c'est alors qu'on saura ce qu'était Jeanne, et pas avant.

Les doutes d'un théologien comme Fuller devaient rendre circonspects les chroniqueurs qui suivirent. Le docteur Howel, en 1679 [1], suspend son jugement et constate simplement que « la fameuse bergère française, Jeanne de Lorraine a fait de bien grandes choses ». Les Anglais ont eu beau rire de ses sommations et la traiter de sorcière : « qu'elle ait été ce qu'elle voudra, elle ne leur en arracha pas moins cette ville d'Orléans dont ils se croyaient maîtres ». Le docteur est en avant de son siècle, car une histoire d'Angleterre anonyme, parue quelques années après, et qui le reproduit textuellement, sort de sa servilité ordinaire pour ajouter au récit du procès et de la

1. *Medulla historiæ anglicanæ*, suivi par L. Echard, 1707.

mort de Jeanne la vieille infamie légendaire [1].

Le xvIII° siècle français a été peu généreux
pour Jeanne, trop avancé pour croire à Dieu,
trop peu pour croire au divin.

Le bon sens terre à terre du siècle, en rejetant le surnaturel, rejetant aussi le surhu-
main, rabaissait Jeanne et la merveille de sa
vie aux petites proportions de sa propre taille.
La même cause, par un effet inverse, la
relevait en Angleterre. Le Français, nationaliste, ne pouvait plus dire : elle vient du
ciel ; l'Anglais, nationaliste, ne pouvait plus
dire : elle vient de l'enfer ; et l'unité se faisait
pour la première fois sur son nom des deux
côtés de la Manche, dans une conception
moyenne, adaptée à l'intelligence du temps, —
déchue de la grandeur, infernale ou divine,
des siècles précédents, découronnée de son
auréole de lumière ou de nuit. Pour tout le
xvIII° siècle français, elle n'est qu'une enthousiaste dans la main des politiques, un instru-

1. After many delays, upon pretence of making Discoveries,
and pleading the Benefit of her Belly...

ment de superstition pour relever les cœurs ; selon Voltaire, même, instrument inconscient, complice de la fraude patriotique, trompant la France pour la sauver, ayant d'ailleurs assez de courage et d'esprit pour soutenir ce rôle qui en devint sublime, « héroïne digne du miracle qu'elle avait feint[1] ».

Les historiens anglais de cette période, bien qu'ils prennent en général la note de leurs contemporains de France, montrent, il faut l'avouer, un sentiment plus vrai et plus profond de la grandeur réelle de Jeanne. L'esprit religieux, plus vivace en Angleterre, laissait même dans son éclipse momentanée, au fond des plus incrédules, plus de sérieux dans l'âme et une émotion plus prompte à vibrer devant les forces vives. La théorie superficielle et petite de l'inspiration simulée, de l'imposture patriotique, — ennoblie par le but, mais entachée de mensonge à l'origine, — prend peu racine

---

1. *Essai sur les mœurs.* C'est là qu'il faut chercher la pensée véritable de Voltaire sur Jeanne d'Arc, et non dans son triste poème ; pensée étroite, mais non impure. L'honneur de ces interprétations mesquines ne revient pas d'ailleurs au xviiie siècle ; elles viennent des esprits forts de la Renaissance ; le lourd et prétentieux du Haillan les a déjà.

en Angleterre. Présentée déjà au siècle précédent par Baker, développée avec aigreur par le haineux réfugié Rapin de Thoyras, avec plus de réserve par le jacobite Beville Higgons, qui met en cause la Cour plus que Jeanne, admire son héroïsme et flétrit ses bourreaux, elle paraît pour la dernière fois, je crois, dans un historien anonyme de 1764[1], qui fait inventer Jeanne par le sire de Baudricourt : le roi ne pouvait plus être sauvé que par un miracle ou soi-disant tel; il recourut à un pseudo-miracle et réussit. Baudricourt choisit pour son objet une fille d'auberge qu'il dressa à jouer la guerrière et la prophétesse. On lui donna dix-huit ans, quoiqu'elle en eût vingt-sept. C'était d'ailleurs une femme d'une énergie et d'une valeur toute viriles.

Mais la plupart des historiens, même esprits forts, tout en faisant la part plus ou moins large à la mise en scène et à la politique, dégagent absolument de toute part dans ces calculs le caractère même de Jeanne. Ainsi Hume et Goldsmith. La Cour la transforme de

1. *An history of England in a series of letters from a nobleman to his son.*

fille d'auberge en bergère, occupation plus poétique. Pour la rendre plus intéressante, on lui
enlève dix ans d'âge ; on éveille en sa faveur
tous les sentiments d'amour et de chevalerie
pour allumer l'enthousiasme ; « on dresse la
machine de guerre dans toute sa splendeur »,
avant de la lancer contre l'ennemi. Mais la
machine elle-même était toute foi, tout dévouement, toute inspiration, tout héroïsme. La
vengeance barbare de ceux qu'elle a vaincus lui
dresse un bûcher : « la superstition plus généreuse des anciens lui eût érigé des autels[1]. »

Cette conception moyenne court le long des
histoires de la fin du siècle et jusque dans les
premières années de ce siècle[2]. Elle ne pouvait
d'ailleurs prendre fin tant que l'on faisait l'histoire sur les chroniques et que l'on n'écoutait
pas parler les documents directs et vivants, la
parole même de Jeanne et de ses témoins. Ce
n'est que depuis une quarantaine d'années
que les travaux admirables de Jules Quicherat, — l'homme qui a le mieux mérité de

1. Hume (1754).
2. Robert Henry, 1685 ; A. Bicknels, 1794; Ch. Home, 1796 ;
Spencer et Barnard, 1803 ; Lingard, 1819.

Jeanne — ont écarté toutes les ombres qui voi-
laient à l'histoire, sinon à l'instinct populaire,
le caractère vrai de sa mission et comment,
loin d'être jamais un instrument dans la main
des politiques, dès la première heure jusqu'à
la dernière, elle dut s'imposer à eux et les
dominer, faire d'eux, malgré eux, l'instrument
de sa volonté souveraine et de son instinct
impérieux, sauver le roi malgré lui et le traî-
ner à la victoire. Pour la première fois, on a
lu cette lutte tragique que Jeanne eut à soutenir, dans tous les instants de sa courte
carrière, contre les habiles gens de cour et
d'église, ulcérés de se voir éclipsés par une
paysanne, effrayés de ce torrent de foi, de
pureté et de dévouement qu'elle lançait sur la
France et qui menaçait de les emporter, eux
et leurs petits plans, et leur fortune : ils l'en-
travaient, la trahissaient et à la fin la laissaient
périr, sans un mot, sans un geste de secours.
On a vu aussi la pureté et le désintéressement
immaculé de sa conscience, comment elle se
révoltait elle-même, comme d'un sacrilège,
contre toute idée de miracle personnel, repoussant le fétichisme de la foule, rompant avec

ses plus dévoués auxiliaires[1] dès qu'ils
essayaient des prestiges et menaçaient de la
grandir au-dessus de sa mission propre. Toute
cette belle et divine histoire ne pouvait se
faire que de nos jours : jusque-là on ne pouvait
que la deviner.

C'est un historien conservateur et tory,
William Guthrie[2], qui a eu le premier, en
Angleterre, l'intuition de la vraie Jeanne
d'Arc. Les écrivains religieux, ceux qui voient
partout Dieu dans l'histoire, étaient d'ailleurs,
par leur point de vue même, tout étroit qu'il
fût, mieux en état que les rationalistes de
rendre justice à Jeanne et de la comprendre :
les hommes et la politique humaine peuvent
bien mettre en œuvre le charlatanisme, Dieu
ne va pas intervenir dans le jeu du monde pour
biseauter des cartes. William Guthrie est un
pauvre écrivain, d'une emphase à faire peur,
un Bossuet de village, mais il a du cœur et
sent les forces vives de l'âme : « Si Jeanne,
dit-il, avait été un imposteur, ou si elle avait
été capable de prêter la main à aucune collu-

1. Le frère Richard.
2. *A general History of England*, 1747.

sion de ce genre, je crois qu'elle n'aurait
jamais pu accomplir ses grandes actions ou
réaliser les grands desseins qu'elle poursuivait.
L'enthousiasme seul, qui est une opération de
l'esprit sincère, chaude et désintéressée, pouvait
la soutenir dans son œuvre ; la moindre pro-
position d'artifice aurait étouffé son ardeur ; le
moindre sentiment de mensonge aurait éteint
toutes ses vertus. » Il y a dans ces quelques
lignes plus de vraie philosophie que dans toute
l'*Encyclopédie*. Guthrie suit avec une sympathie
profonde son héroïne sur le champ de bataille
et dans ce procès où sa pureté naïve déjoua
si bien tous les calculs et toutes les ruses de
ses juges, où, « comme l'or, elle parut plus
pure à chaque épreuve ». « Je ne ferai point
de réflexions, dit-il en terminant, sur les circonstances de sa mort ; elles crient trop haut
pour que la voix de l'histoire ait besoin d'en
enfler la clameur. Mais, si la toute sage Pro-
vidence daigne jamais venger la perfidie, la
cruauté, l'injustice des particuliers sur une
nation entière, les Anglais pourront lire, dans
les misères qui bientôt s'abattirent sur eux,
l'histoire de leur châtiment pour la mort de

cette vierge incomparable qui, n'étant point née sous leur loi et ayant été prise en combat loyal, ne pouvait légalement être jugée par leurs cours, ni mise à mort par leur décision. »

En 1775, John Wesley, le restaurateur du christianisme en Angleterre, écrivait un précis d'histoire *chrétienne* de son pays, destiné à montrer l'action permanente de Dieu dans l'histoire. Arrivé à Jeanne d'Arc, il reproduit presque textuellement le récit de Guthrie, et ajoute au récit de sa mort ces simples mots : « Elle ne méritait certainement point ce sort, soit qu'elle fût une enthousiaste convaincue ou une personne qu'il avait plu à Dieu de susciter pour la délivrance de son pays. » Wesley écrit trois ans avant la mort de Voltaire. Quel chemin la pensée anglaise avait fait dans ce siècle sur elle-même et sur la France ! Le débat n'est plus entre la fraude et l'enthousiasme, mais entre l'enthousiasme et la mission divine. La tradition de nos vieux chroniqueurs du moyen âge, brisée en France, se renoue dans le pays et dans la langue des bourreaux de Jeanne.

Les retours en arrière, les atavismes de

haine, ne manquent point sans doute; mais, de jour en jour, ils vont se perdre et s'étouffer dans la conscience générale. Dans les dernières années de Louis XVI, tout Paris courait au théâtre Nicolet pour voir la pantomime du *Fameux Siège de la Pucelle d'Orléans*, — on était en plein dans la guerre de l'Indépendance; un directeur de Covent-Garden répondit en montant sur le même sujet une pantomime où l'héroïne, comme don Juan, était emportée par les démons et précipitée dans l'Enfer. C'était le drame du xvɪᵉ siècle qui revenait dans tout le grotesque de ses haines. Le public se révolta, et au bout de quelques soirées, il fallut qu'un ange descendit du Ciel pour la sauver[1]!

1. Southey, préface de *Joan of Arc.*

# TROISIÈME PÉRIODE

## LA SAINTE

## I

La troisième période de la vie de Jeanne d'Arc en Angleterre s'ouvre à la Révolution française, par le poème épique de Southey, *Joan of Arc*.

Southey, le premier en date des romantiques et des lakistes, poète fécond, d'une grande richesse apparente d'imagination toute puisée dans les livres, l'inventeur de la couleur locale, n'est plus lu que pour quelques ballades faciles. Ce fut, dans son temps, un formidable poète, à lui seul auteur de cinq épopées, « qui seront lues, disait Porson, quand Homère et Virgile seront oubliés, —

3.

mais pas avant ». Il fut, dans sa jeunesse, démocrate ardent, plus tard tory des tories, rêva d'aller fonder en Amérique une république égalitaire, finit par écrire aux gages du ministère conservateur, insulta et calomnia avec amour Byron et les siens, qui le lui rendirent avec usure ; caractère douteux, manquant à tout le moins de tact et de mesure, mais écrivain de talent. Byron écrivait de lui, en 1813, à une époque où leurs rapports n'étaient encore que tendus : « Ses talents sont de premier ordre. Sa prose est parfaite. Sur ses vers, les opinions varient : il y en a peut-être trop pour la génération présente, la postérité choisira sans doute. Il a des passages qui valent tout ce qu'on a écrit. A présent, il a un parti, mais pas de public. »

De ses cinq poèmes épiques, *Jeanne d'Arc* est le premier en date et aussi le plus faible : il l'avait composé en six semaines, en août-septembre 1793 ; il le refondit pendant l'impression, qui dura six mois, en 1796. Southey avait vingt ans en 1793 ; il sortait de collège, il était dans toute la ferveur de son républicanisme ; en 1796, malgré la Terreur, il était

encore ultra-radical : il est à remarquer que
sa conversion, comme celle de ses amis Coleridge et Wordsworth, ne date point des crimes
de la Révolution, mais de ses conquêtes à
l'extérieur. Il y avait une hardiesse comme
Anglais, et une grande idée comme poète, à
choisir à cette date une telle héroïne pour
un poème. Jeanne était, pour le jeune poète
révolutionnaire, le symbole de la France nouvelle et du droit qu'elle représentait, brisant
les chaînes que l'étranger, que l'Angleterre
même voulait lui imposer à nouveau. Une dédicace à la Liberté, des invectives violentes, dans
la phraséologie jacobine, contre les rois fléaux
du peuple, contre ces tyrans sous qui tremble
leur trône cimenté dans le sang, contre ces
premiers ministres de la mort, — invectives
et dédicace qui disparurent des éditions repen-
tantes de la suite, — ne laissaient aucun
doute sur la pensée du poète. Il disait dans
sa préface : « On fait une règle nécessaire de
l'épopée que le sujet soit national. J'ai agi en
pleine opposition à cette règle, et choisi pour
sujet de mon poème la défaite des Anglais.
S'il y a des lecteurs qui peuvent désirer le

triomphe d'une cause injuste, parce que leur pays est engagé, je ne désire point leur approbation. » Mots à double tranchant à la date de 1796.

Le succès du poème fut grand, en partie à cause de ses proportions ambitieuses, — c'était le plus grand effort poétique qui eût été tenté depuis longtemps, — mais surtout comme manifeste politique. Southey, converti, écrivait quarante ans plus tard : « Le succès du poème fut dû principalement à l'esprit républicain dans lequel il était écrit, esprit assez naturel chez un homme qui avait pris ses idées de liberté dans les écrivains grecs et latins, et assez ignorant de l'histoire et de la nature humaine pour s'imaginer que l'indépendance des États-Unis avait ouvert un ordre de choses meilleur, dont la Révolution française accélérait la marche. Ces idées étaient alors, en Angleterre, aussi impopulaires qu'elles méritaient de l'être; mais la plupart des journaux de critique les partageaient, ce qui me valut la bienveillance de quelques-uns des plus influents du temps. » Une miss Seward, critique conservatrice très écoutée,

envoya au *Morning Chronicle* une pièce de vers
sur le poème de Southey, respirant l'enthousiasme le plus vif pour le talent du poète et
l'horreur la plus profonde pour ses principes,
double réclame pour le jeune auteur; l'éditeur
du journal, M. Perry, en insérant la protestation poétique de Miss Seward, l'accompagna
d'une protestation personnelle en sens inverse,
en faveur des principes condamnés. Tout ce
bruit fit de la *Jeanne d'Arc* un événement :
malheureusement il ne pouvait en faire un
chef-d'œuvre.

Southey avait si peu compris cette héroïne,
qu'il l'abandonne dans son triomphe à la
cathédrale de Reims; il lui fait prononcer un
discours jacobin contre les mauvais rois, puis
il ajoute : « C'est ainsi que la Pucelle racheta
son pays. Puisse le Très Juste donner toujours
le même succès aux armes de la Liberté [1] ! »
Et tout est fini. Il arrête la carrière de Jeanne,
fait observer de Quincey, au moment même
ou commence sa grandeur suprème, sa passion;
au moment où s'ouvre sa longue agonie, où

1. Dans l'édition définitive : « Ainsi parla la vierge d'Orléans,
accomplissant solennellement sa merveilleuse mission ici-bas. »

elle devient la victime expiatoire à l'ingrati-
tude des uns, à la haine des autres : « Tout
ce qu'elle avait à *faire* était accompli ; il lui
restait à *souffrir*. Jamais, depuis que furent
jetés les fondements de la terre, il n'y eut tel
procès que le sien, si on pouvait le déployer
dans toute sa beauté de défense, dans toute
son horreur infernale d'attaque : ô enfant de
France, bergère, jeune paysanne, foulée aux
pieds de tous ceux qui t'entourent ! » Il aurait
manqué quelque chose à la grandeur de
Jeanne, si elle s'était éteinte dans la victoire,
si la sublime fatalité des choses humaines
ne lui avait donné l'auréole suprême qui lui
était due, celle de la souffrance imméritée et
du martyre. Il lui était réservé d'être dans
l'histoire ce que Jésus est dans la légende :
plus grande, plus divine que lui, puisqu'elle
était et se savait femme mortelle ; plus abandonnée, puisqu'elle ne voyait point, du haut
de la croix, les pleurs de Marie et Madeleine ;
plus que lui, enveloppée de haine et d'insulte
sans mélange, et pourtant sans amertume, ne
détournant pas le calice, ne criant pas à son
roi le cri de reproche et d'angoisse : « Pour-

quoi m'as-tu abandonnée? » Le bûcher de
Rouen est plus haut que la croix du Calvaire;
la nuit du jardin des Oliviers est revenue,
après quatorze siècles, dans la pauvre église de
Compiègne, mais avec quelle douceur de tristesse et de résignation! Quelques jours avant
qu'elle fût prise, dit la vieille chronique,
appuyée contre un pilier de l'église, les petits
enfants se pressaient autour d'elle pour la
voir : « Mes enfants, leur dit-elle, je suis trahie
et bientôt je serai livrée à la mort. Je vous en
supplie donc, priez Dieu pour moi; car jamais
je ne pourrai plus rendre service au roi ni au
noble royaume de France. » Ce Christ mili-
tant et souffrant, apportant l'épée et apportant
sa vie, ce Christ idéal, rêvé jadis par un peuple
accablé attendant la délivrance, il était enfin
venu sur terre; il est venu, non comme on
le croirait, au temps de Tibère et d'Hérode,
mais quatorze cents ans plus tard, au pays de
France, et sous des traits de femme, afin qu'il
fût plus merveilleux dans sa force et plus
touchant dans sa souffrance.

Cette divinité idéale de Jeanne, « cette imitation de Dieu », plus belle et plus haute que

son original légendaire, et qui réalisait dans la
pleine lumière de la vie ce que le moine
inconnu rêvait alors dans la nuit et le silence
de sa cellule, Southey n'en a rien vu, rien
pressenti. On ne peut trop lui en faire un reproche : Schiller, qui est plus grand poète, ne
l'a pas mieux comprise. Peut-être Jeanne d'Arc
ne pourra-t-elle jamais faire une héroïne de
poème; comment la faire parler ? Il est des
âmes si à part dans l'humanité, tellement
au-dessus des imaginations les plus hautes,
que c'est témérité au poète de vouloir y toucher : l'histoire seule est 'à leur hauteur. Nul
poète n'a refait parler le Christ; nul poète ne
refera parler Jeanne. Les λόγια de l'un et de
l'autre restent, prononcés une fois pour toute
éternité. Tout au plus l'art d'un artiste
consommé pourrait-il enchâsser dans le récit
ces paroles de Jeanne, ces mots inoubliables,
inextinguibles comme l'éclair, qui éclatent
dans l'immense et insondable médiocrité du
xv° siècle, et qui, réunis, formeraient le plus
beau livre et le plus éloquent qui ait jamais
jailli des lèvres humaines. De ces mots, pas
un dans la *Jeanne d'Arc* de Southey : il la fait

pourtant parler, parler, parler à n'en plus
finir; tantôt comme une prophétesse biblique
ou une puritaine de Cromwell, — note fausse,
mais c'est encore là qu'il est le moins mauvais, étant soutenu par le souffle biblique, —
tantôt comme une déiste esprit fort, tantôt
comme tout le monde. Elle remplit bien de
ses discours un quart des dix chants de
l'épopée, décrivant ses impressions de poète
lakiste à la Fontaine des Fées, rêvant dans la
tempête comme un *Ménestrel* de Beattie; citant
les prophètes hébreux, comme un covenan-
taire de Cromwell; exposant trois siècles
d'avance le christianisme rationnel de Tindal
devant le conseil ecclésiastique de Poitiers,
fort étonné à juste titre et, en bonne protes-
tante, argumentant contre la messe, mais
aussi, je regrette de le dire, contre le péché
originel; d'ailleurs amoureuse, comme de
juste, — platoniquement, bien entendu, —
d'un sien pays, un nommé Théodore.

Ce qui constitue l'importance du poème de
Southey, ce n'est point sa valeur littéraire,
c'est qu'il fait date dans l'histoire de Jeanne
d'Arc en Angleterre. Du jour où un poète put

impunément et avec succès faire, de la sorcière flétrie et maudite, l'héroïne d'une épopée anglaise, tout ce passé de préjugé et de haine opiniâtre était emporté à tout jamais. De ce jour, l'auréole ne quitte plus son front; l'histoire s'incline devant elle, elle devient sujet favori de la poésie, du roman, de l'art.

« Jeanne, dit le premier représentant de l'école historique en Angleterre, ne sera jamais oubliée même de nous, et nous pouvons lui donner libéralement les acclamations et les pleurs que nos pères alarmés, dans l'irritation de la lutte, lui ont trop durement refusés[1] : »

Pour le représentant le plus récent de cette école, Richard Green, elle est la figure centrale de son siècle, « la figure de pureté qui se détache du sein de l'avidité, de la luxure, de l'égoïsme, de l'incrédulité du temps [2]. » Une des plus belles pages d'histoire qui aient été écrites sur Jeanne d'Arc, et l'une des plus poétiquement vraies sous le mysticisme de la forme, vient de la plume du révérend Joseph

1. Sharon Turner, *History of England*, 1832.
2 . *A short history of the English people.* 1880.

Stevenson, un érudit fouilleur de chartes, dont
la parole sèche s'anime tout d'un coup à l'apparition de Jeanne : « En mettant à mort
Jeanne Darc, le duc de Bedford mit fin à l'as-
cendant anglais en France. Si elle était retour-
née au foyer paternel après le couronnement
à Rheims, si elle avait échappé de prison, ou
si même ses juges lui avaient pardonné, il en
était tout autrement. Elle serait devenue l'héroïne de la légende, au lieu d'être l'héroïne de
l'histoire ; mais le régent voulait qu'il n'en
fût pas ainsi, et il couronna son œuvre : car
sa mort fut son triomphe, et des cendres du
bûcher de Rouen se leva la liberté régénérée
de la France. Bien que, par pitié pour la faiblesse de la femme, la pleine vérité, c'est-à-
dire la fin terrible et nécessaire de sa mission,
ne lui eût jamais été clairement révélée à elle-
même jusqu'au moment de l'accomplissement,
pourtant elle lui avait été indiquée dès le
commencement. Les deux saintes, ses voix,
sainte Catherine et sainte Marguerite, étaient
toutes deux vierges et *martyres*. A Orléans elles
avaient promis la délivrance à Charles, la con-
sécration royale à Rheims ; mais à Jeanne elles

n'avaient promis qu'une chose : c'est qu'à la
fin après une grande  victoire, elles la feraient
entrer au Paradis [1]. »

Il serait trop long d'énumérer toutes les
biographies de Jeanne qui ont paru dans les
cinquante dernières années en Angleterre, de
celle de lord Mahon à celle de miss Harriett
Parr, sans compter une nuée d'histoires anonymes, en général édifiantes. Je n'en signale-
rais que deux, pour les traits de caractère
qu'elles offrent : *Jeanne d'Arc, histoire d'une
noble vie, écrite pour les jeunes filles* [2], où l'auteur, pieuse rationaliste, avertit ses jeunes lec-
trices de bien se rappeler que les visions de
Jeanne n'étaient pas réelles et qu'elles doivent,
en l'imitant, songer  seulement à aimer Dieu
comme elle ; et  la biographie du révérend
John Gurney [3], « qui regrette de rencontrer
si souvent dans l'histoire de Jeanne les éléments dégradants du catholicisme romain
mêlés à ses pensées et à ses sentiments les

---

1. *The wars of the English in France during the reign of
Henry the sixth*, 1861, I, t. XII.
2. Edinburgh, 1871.
3. *Chapters from french history*, 1862.

plus saints, et serait aise d'entendre parler moins souvent de la sainte Vierge, de sainte Marguerite et de sainte Catherine ». Le vieux Fuller n'eût pas mieux dit, ou un encyclopédiste.

Parfois, dans ces hommages, se mêle un sentiment moins noble de rancune contre la France. De Quincey, dans ses belles pages sur Jeanne d'Arc, déparées par des polémiques de journaliste contre Michelet, triomphe avec amertume de la *Pucelle* de Voltaire. Plus encore l'éloquent et venimeux Carlyle, assez peu pénétré de l'esprit de Jeanne pour essayer d'en écraser la France : « Jeanne d'Arc devait être une créature de rêves pleins d'ombres et de lumières profondes, de sentiments indicibles, de pensées qui erraient à travers l'éternité. Qui peut dire les épreuves et les triomphes, les splendeurs et les terreurs dont ce simple esprit était la scène? Français sans cœur, railleurs, oublieux de Dieu, comme disait le vieux Souvaroff, ils ne sont point dignes de la noble vierge [1]. » Il faut croire

---

1. *The life of Schiller.*

qu'ils l'étaient, puis qu'ils l'ont produite; quant aux dédains du Russe Souvaroff, ils ne sont pas pour beaucoup émouvoir la France. Il y a plus de cœur et plus de Jeanne d'Arc dans les reproches de Landor à la France, agenouillée devant Bonaparte :

« Ils sont injustes, ceux qui m'accusent d'être injuste envers toi, ô France! En courage qui se sacrifie, tes hommes ont été sublimes; tes femmes plus sublimes encore. Mais tu suis le faux honneur, désertant le vrai. Une parole violée emporte plus de honte qu'une épée brisée : tu le sais, et tu embrasses celui qui t'asservit. Sur sa tombe, que de guirlandes! Combien en as-tu tressées sur la tombe de Corday, plus noble? Quel hymne chantes-tu de prière ou de gloire, à la vierge devant qui devraient s'incliner toutes les vierges de l'univers [1], celle qui, aux portes d'Orléans, brisa tes chaînes? »

La poésie a plusieurs fois touché à Jeanne d'Arc depuis Southey, rarement avec bonheur. Je ne parle pas de l'Histoire d'Angleterre, en

---

1. To whom all maidens upon earth should bend.

vers tintamarresques, de Dibdin, qui contient
un chapitre sur Jeanne [1]; les sentiments de
Dibdin sont honnêtes, mais il y a des sujets
que la parodie ne doit pas toucher. La *Jeanne
d'Arc* de M. Simcox [2] est l'erreur d'un homme
d'esprit. C'est une dégradation de la Jeanne
d'Arc de Schiller, qui est déjà si au-dessous de
la vraie. Celle de Schiller meurt, non pour
une faute commise, mais pour la seule pensée
de la faute : celle de M. Simcox a failli et
survit.

Le seul poème qui mérite un souvenir est
celui de John Sterling [3], ce jeune pasteur dont
Carlyle a écrit la vie et sauvé le nom. Sterling
voyait en Jeanne « le personnage peut-être le
plus merveilleux, le plus exquis, le plus complet de toute l'histoire du monde [4] ». Le cœur
l'a rendu poète : il a toute l'intensité et tout
le calme de foi de son héroïne, et il ne
manque à son œuvre que l'étincelle pour en

1. A metrical history of England, Joan of Arc, a Tragedye
fulle of Merrie Conceites, 1813.
2. Dans le *Cornhill Magazine*, 1867.
3. *Poems*, 1839.
4. *Essays*, 1848.

faire une grande chose et digne de rester. Tel quel, il y a dans ce court poème plus de poésie vraie que dans tout Southey :

« Bien haut parmi les morts qui donnent une vie meilleure à ceux qui vivent, voyez briller la jeune paysanne dans sa cuirasse sacrée, elle que le Seigneur de la paix et de la guerre envoya, comme sur un char de flamme, loin du bercail paternel. A elle la foi calme et surnaturelle, bravant les regards les plus effrayants de la mort, ô la plus adorable fleur des champs qui ait jamais été écrasée dans la plus orageuse des heures!

» Des mains redoutables avaient marqué ton front, et dans les heures solitaires de la prière, dans l'air feuillu de la forêt, des Puissances sans borne, des yeux éternels, de ces regards qui ont donné leur sagesse aux vieux prophètes, ont inspiré ta solitude... Race et pays, la langue de chaque jour, ce qui fait l'homme cher à l'homme, amis et foyer, amour de mère, tombe d'aïeul, meurtre de frère, champs familiers, air natif, voilà les voix qui te jettent leur cri; les vents répondent en harmonie puissante; les étoiles, la nuit, ne se tairont pas, t'ordonnant à haute voix, de la part de Dieu : Va et délivre ton peuple! »

Le poète la suit dans l'orage de la bataille; mais, mieux que Southey et Schiller, il a compris qu'il n'y a point de haine en elle :

« Jamais porte-drapeau de la bataille n'avait porté un front si calme, et c'était toujours le même doux regard qui, jadis, quand le soir voilait le ciel, voyait dans les murmures de l'ombre les anges hanter l'arbre solitaire. »

Elle les revoit à Reims, ses anges et Domremy. « Comme elle voudrait s'envoler avec eux, s'envoler pour redescendre, et revenue dans la verte Lorraine, redevenir petite bergère! La couronne de Charles est gagnée, l'œuvre de Dieu accomplie : ailes des anges, emportez-la; emportez-la à son foyer, à la fin du jour, et sur le sein de sa mère laissez-la reposer son cœur fatigué! »

Toute une littérature romanesque, sans analogue en France, s'est formée autour de Jeanne, de valeur d'ailleurs très inégale. Je ne ferai que citer la *Pucelle d'Orléans, chronique romantique*, de M. J. Robinson, étrange cari-

cature sentimentale de l'histoire, qu'admirait
fort, dit-on, le roi Louis-Philippe ; et le roman
de miss Manning, *Noble but, noblement atteint*,
où l'histoire est plus respectée et qui se laisse
lire volontiers. Je m'arrêterai seulement à la
plus remarquable de ces productions, un roman
assez récent de Mrs Charles : *Jeanne la Pucelle,
libératrice de l'Angleterre et de la France* [1]. Le
cadre et l'idée sont saisissants : le cadre est
celui des *Perses* d'Eschyle ; Jeanne est racontée
du camp anglais ; c'est un soldat de l'armée
ennemie, le gallois Percival, qui assiste à l'histoire de Jeanne, depuis son apparition jusqu'à
sa mort et tombe à genoux ; l'idée, c'est que
Jeanne a sauvé l'Angleterre en l'empêchant
de se perdre dans les guerres de proie, et de
fondre dans le continent en s'y répandant.

Le reste du livre, malheureusement, ne répond pas toujours aux promesses du début ;
le souffle mystique, qui seul pouvait donner
aux récits et aux caractères une vérité idéale,
ne se soutient pas, et l'illusion est à chaque
instant brisée par du moderne qui détonne.

1. *Jean the Maid, deliverer of England and France*, 1879.
Avec cette épigraphe : Il n'y a de fécond que le sacrifice.

L'auteur n'a pas assez creusé dans les cœurs pour les voir battre et pour montrer leurs battements ; il reste dans la région des idées générales et abstraites. Les personnages réfléchissent trop, quand l'auteur n'a pas assez réfléchi.

En même temps que dans la poésie, Jeanne entrait dans l'art. A lui seul, 1881 a donné deux *Jeanne d'Arc* aux expositions de Londres ; en 1877, M. Calderon exposait une Jeanne d'Arc écoutant ses voix : elle est seule, sur un rocher, l'œil perdu dans des pourpres de soleil couchant. Je ne parlerai que d'une seule de ces œuvres, la première et la plus considérable de toutes : la colossale trilogie du grand coloriste anglais, William Etty.

Cette trilogie résume la carrière de Jeanne en trois actes : le vœu, la victoire, le martyre. La première scène la représente à Fierbois, consacrant à Dieu et à la patrie l'épée mystérieuse révélée par les anges ; la seconde, à la sortie d'Orléans ; la troisième, au bûcher. La scène centrale, la seconde, pleine de chevauchées, de mouvement et de lumières, est partout vivante, sauf dans la figure principale, qui est morte. Etty s'est laissé égarer par une conception fausse de l'inspiration. Jeanne est pour lui l'instrument presque inconscient de la puissance divine qui est en elle ; de peur de la dégrader par l'expression de la passion, il supprime la vie même : Jeanne a les yeux baissés. La troisième scène est plus vraie et atteint à la simplicité tragique. Jeanne a les yeux levés au ciel dans un élan de douleur subjuguée par la foi ; le ciel, au-dessus de sa tête, est clair et brillant, comme cette âme qui va s'envoler ; la colombe blanche plane, près de l'emporter au ciel ; à l'arrière-plan, les vieilles maisons du Marché, rendues avec toute l'exactitude du réalisme, donnent à cet idéal de foi, de souffrance et d'horreur un caractère de réalité poignante [1].

Mais l'histoire de l'œuvre est peut-être plus intéressante que l'œuvre même, produit de la vieillesse fatiguée de l'artiste, et devient tout un hommage de religion. C'est en 1839, alors âgé de cinquante-deux ans, que la première

1. Lesly, *Lecture on Etty.*

pensée lui en vint ; c'était dans la chapelle de Henry VII, à l'abbaye de Westminster ; devant les faisceaux de bannières de chevaliers, au bruit de l'orgue, les yeux dirigés vers le grand portail, il crut voir tout à coup Jeanne se dirigeant à cheval vers les portes d'Orléans. Il se mit aussitôt à l'œuvre : « Jeanne d'Arc me hante », écrivait-il. D'autres travaux vinrent l'interrompre, sans la lui faire oublier : en 1843, il alla en France visiter les places sanctifiées par la présence de son héroïne. Il dessina à Rouen les vieilles maisons du Vieux-Marché, peut-être contemporaines, en face desquelles s'était dressé le bûcher ; fouilla Orléans, rêva sur le pont qu'elle avait triomphalement traversé : « la rivière était trouble sous la pluie et le vent ; le temps était orageux, comme les temps de la pauvre Jeanne. » Revenu en Angleterre, il se fit peintre de chevaux pour se préparer aux chevauchées de la scène. L'âge vint, il avait cinquante-neuf ans ; puis la maladie. « Par instants, écrit-il en décembre 1846, la rigueur du temps m'a mis sur le flanc. Mais j'ai repris le dessus, et, combattant côte à côte avec mon héroïne, j'ai, si

4.

j'en crois ce qu'on m'en dit, fait merveille…
Si Dieu me donne la santé et un temps favo-
rable, j'espère rendre mon tableau digne
d'elle. » Après sept années de labeur opiniâtre,
il mit la dernière main à son œuvre, un
samedi soir la veille du dimanche de Pâques :
« Je sentis que je devais aller à l'église pour
rendre grâce au Tout-Puissant qui m'avait
montré tant de clémence. J'allai ; jamais la
glorieuse abbaye ne m'avait paru si magnifique. Un soleil d'or brillait. Le doyen prêcha
sur ce texte : Que la lumière soit, et la lumière
fut [1].

1. Gilchrist, *Life of William Etty*, 1855, II, 107, 15. Le
tableau fut acheté 2 500 livres par un marchand qui l'exposa ;
le prix fit le succès : on venait de la province « voir le tableau
qui valait 2 500 livres ».

# III

Telle est l'histoire de la conversion de l'Angleterre au culte de Jeanne d'Arc, conversion toute spontanée, sans action du dehors et d'autant plus éclatante. De tous les hommages rendus, celui-là est le plus éloquent, étant arraché à une longue tradition de rancune et d'orgueil. Il fait honneur à l'Angleterre, et il témoigne de l'invincible puissance de l'idéal. Méconnu, il peut attendre, sûr du lendemain et de l'éternité.

Peut-être dans cette histoire y a-t-il une leçon pour nous-mêmes. La France a-t-elle fait pour Jeanne tout ce qu'elle lui doit? Les hommages extérieurs n'ont pas manqué, ni les souvenirs de parole et de marbre : sa fête et son panégyrique à Orléans se sont répétés d'année en année et se répéteront tant qu'il y aura une France ; sa statue se dresse à Orléans, à Paris, à Rouen. Sera-ce tout et est-ce assez ?

La poésie en France ne peut rien pour elle ; l'instinct de nos poètes l'a bien senti ; Jeanne peut être pour les étrangers une héroïne de poésie et de romance ; pour nous, son histoire même est la poésie suprême et toute imagination poétique serait au-dessous. Qu'elle soit donc l'héroïne de l'histoire, non seulement du passé, mais de l'avenir : la France doit se faire à son image. Un peuple ne peut vivre que par un livre ou par un homme, un livre qui lui enseigne ce qu'il doit être, un homme dont la vie le lui montre : nous n'avons plus de livre, ne croyant plus ; nous avons la vie, celle de Jeanne. A cette heure où la conscience nationale se refait par l'éducation civique, cette vie doit être l'école et la méditation de tout Français et de toute Française, comme la vie de Jésus et de Marie était celles de tout chrétien et de toute chrétienne. Sa vie et son image doivent entrer dans toute chaumière et tout atelier : les générations nées et élevées sous ce regard seront plus fortes et plus nobles que celles qui ont grandi sous l'image de Napoléon. Jeanne d'Arc n'appartient pas à la France ancienne, elle appartient à la France éternelle. Sous les formules catholiques de la langue qu'elle parlait, retentit le Verbe éternel et universel de justice, de sacrifice et d'amour, aussi clair et plus doux qu'il n'a jamais vibré, et en elle les générations naissantes comprendront leur avenir autant que leur passé. Dans nos dix-huit siècles d'histoire, il n'y a que deux dates : 1429 et 1789, Jeanne d'Arc et la Révolution. Tout l'enseignement civique du siècle doit tenir dans ces deux dates, dans ces deux mots ; par là s'accomplira l'avenir de la France : l'esprit de la Révolution avec l'âme de Jeanne d'Arc.

Là aussi l'art trouvera ce qu'il cherche en vain depuis des années, sa République française. Récemment, à la fête du 14 Juillet, un comité d'arrondissement avait érigé au boulevard Vaugirard une statue de jeune fille tenant l'épée. J'entendis deux femmes du peuple qui passaient, disant, l'une : « C'est la statue de la République », l'autre : « Non, c'est Jeanne d'Arc. » Ces deux femmes avaient résolu le problème attaqué sans succès par nos artistes. Que la robuste matrone en bonnet rouge, la déesse Raison de 94, s'installe définitivement sur nos places publiques, comme le symbole esthétique de la République rêvée par la France, vous n'y croyez point, n'est-ce pas ? C'est un défi jeté à l'art : l'art ne peut vivre que du beau. La République de l'art, c'est la bonne Lorraine, c'est la Française idéale qui en donnera le symbole au Phidias attendu. Que les artistes se mettent à l'œuvre : d'une centaine d'essais infructueux sortira le marbre souverain qui ajoutera à la religion des peuples. A ses pieds se fera cette réconciliation du passé et de l'avenir qui doit être, sous peine de mort, l'œuvre de la fin du siècle. La République de l'art français, c'est une Jeanne d'Arc sous les trois couleurs.

# LA RÉVOLUTION ET WORDSWORTH

La Révolution française n'a pas eu d'admirateurs plus enthousiastes, ni d'ennemis plus implacables, que les trois créateurs du romantisme anglais, les trois lakistes, Southey, Coleridge et Wordsworth. Les poètes révolutionnaires de la génération suivante, Byron et Shelley, sont impitoyables pour leur apostasie. Shelley est surtout sensible à celle de Wordsworth, le plus grand de tous, qui était son idole poétique et en partie son maître :

« Poète de la nation, tu as pleuré d'apprendre qu'il y a des choses qui partent pour ne jamais revenir : enfance et jeunesse, amitié et première étincelle de l'amour se sont enfuis comme un rêve, te laissant seul à gémir. Ces misères communes, je les sens. Mais il est une des mes pertes que tu as sentie toi aussi et que je suis pourtant seul à pleurer. Tu étais l'étoile solitaire dont la lumière brillait sur un frêle esquif dans le mugissement de minuit en hiver ; tu étais le refuge bâti dans le roc qui se dresse au-dessus de l'aveugle multitude qui s'y heurte : dans une pauvreté honorée, ta voix tissait les chants consacrés à la vérité et à la liberté ; en les désertant, tu m'as laissé pour pleurer qu'ayant été tel, tu aies cessé de l'être (1813). » Browning, jeune homme, se montre encore plus dur et plus amer :

Rien que pour une poignée d'argent, il nous a quittés [1].
*Just for a handful of silver he left us...*

Flétrissure injuste. Southey, des trois lakistes, est le seul à qui l'on pourrait à la rigueur jeter ce vilain mot de vénalité ; car, s'il ne se vendit pas, il se laissa payer, et il est des trois celui qui avait donné les gages les plus emphatiques à la cause de la Révolution. La sincérité

1. *The Lost Leader.*

de Wordsworth est au-dessus de tout doute et, par cela, l'histoire de ses sentiments offre pour nous, Français, un intérêt saisissant. Il a lui-même fait cette histoire dans un poème autobiographique, composé entre 1795 et 1805, mais qui n'a été publié qu'après sa mort, en 1850. Ce poème considérable, en douze chants, a été intitulé par les éditeurs le *Prélude ou le développement de l'esprit d'un poète* (The Prelude, or Growth of a Poet's Mind) : Wordsworth, au moment où il l'entreprit — il avait alors vingt-neuf ans — avait pris conscience de son génie et de sa mission poétique et, « ayant l'espérance d'élever une œuvre littéraire qui pût durer », il voulait se rendre compte du chemin qu'avait fait son esprit et des forces qui avaient agi sur lui pour le former. La Révolution française était l'une de ces forces, et trois chants du poème, les chants IX, X et XI, lui sont consacrés. Cette œuvre étant peu connue en France, je crois qu'il ne sera pas inutile d'en analyser ce qui nous intéresse.

C'est dans les vacances de 1790 que Wordsworth, alors élève de seconde année à Cam-

5

bridge, vit la France pour la première fois. Il
ne fit alors que la traverser, se rendant en
Suisse, avec un ami d'université, en excursion
de vacances. « Un frisson de joie courait alors
à travers l'Europe ; la France était au plus
haut des heures dorées et la nature humaine
semblait naître à une seconde vie. » Ils débar-
quèrent à Calais le grand jour de la Fédéra-
tion : une petite ville, — mais les fronts
illuminés leur disaient la joie de millions de
créatures. Sur leur route vers le sud, à travers
villes et villages, ils cheminaient sur les débris
radieux de la fête, le long d'arcs de triomphe
de fleurs : partout ils trouvaient des paroles
de bienveillance et de bénédiction, « partout
semées comme le parfum d'un printemps qui
n'a pas laissé un coin du pays sans le toucher ».
Ils descendirent le Rhône avec une bande
joyeuse de fédérés, « revenant des grandes
fiançailles nouvellement célébrées dans leur
capitale, à la face du Ciel ». Les deux voyageurs
portaient « un nom honoré en France, le nom
d'Anglais » ; aussi étaient-ils des hôtes bien-
venus, comme les anges jadis au vieil Abraham ;
tous les cœurs étaient ouverts, les mains ten-

dues ; les fédérés les saluaient comme les précurseurs de la France dans la voie glorieuse, et le soir après table on dansa en rond en l'honneur de la liberté.

Après quelques mois passés en Suisse et au milieu des gloires alpestres, il retrouva au retour les mêmes cris et les mêmes regards de joie. « C'était un temps glorieux, un temps heureux que celui-là ; des regards triomphants étaient le langage ordinaire de tous les yeux, comme si, éveillées du sommeil, les nations saluaient leur grande attente... Oh ! c'était une bénédiction que de vivre à cette aurore, et être jeune, c'était le ciel même. Temps où la coutume, la loi, la règle, avec leurs façons sèches et maigres, prenaient tout à coup le charme d'un pays en plein roman ! » Il laissa les Suisses triomphants dans le sort de leurs proches voisins et, se rapprochant du sol natal, traversa les armées de Brabant debout pour la bataille de la liberté.

Il rentra terminer ses études à Cambridge, qu'il quitta définitivement en janvier 1791. Il passa une dizaine de mois à Londres ; il s'y ennuya ; la France l'attirait. Il passa de nouveau le détroit en novembre 1791 ; la Législative venait de s'ouvrir ; la seconde poussée révolutionnaire commençait, la République paraissait à l'horizon.

Wordsworth s'arrêta quelques jours à Paris, emporta une pierre de la Bastille, visita l'Assemblée et les Jacobins, où la Révolution se balançait encore comme un vaisseau à l'ancre, bercé par la tempête. Puis il se rendit à Orléans, où il comptait séjourner. Il se lia avec les officiers de la garnison : c'était des émigrés à l'intérieur, n'attendant qu'un signal pour courir à Coblentz. « C'étaient tous gens bien nés, la chevalerie de la France. Différents d'âge et de caractère, un seul esprit régnait dans tous les cœurs : ils ne songeaient tous qu'à défaire ce qui était fait, c'était là leur repos et leur seul espoir ; ils ne craignaient point que le mal empirât, le pis était venu. L'un d'entre eux, à compter les années, était encore dans la fleur de l'âge, et naguère encore avait régné en maître dans plus d'un tendre cœur ; les événements avaient tordu son caractère, l'avaient flétri, rongé la beauté de sa personne, injuriant à la fois le corps et l'esprit.

Son port, jadis droit et ouvert, s'était courbé et contracté ; un visage, doué par la nature des plus beaux dons de symétrie, de lumière et de fleur, exprimait, autant que jamais visage vu sur terre, un ravage hors de saison, produit par des pensées malsaines et torturantes. Avec l'heure du courrier, apportant de Paris la charge voulue de nouvelles, l'accès de fièvre, visiteur ponctuel, revenait secouer l'homme, désarmer sa voix, teindre de mille couleurs sa joue jaune, et sans cesse, lisant ou rêvant, sa main hantait la garde de l'épée, comme on touche une partie du corps mal à l'aise [1]. »

Wordsworth ne pouvait partager leurs passions. Il était né et avait été élevé dans le Cumberland, pays pauvre, mais de race forte et noble, où le paysan a conservé, plus que nulle part ailleurs en Angleterre, le sentiment de sa haute dignité d'homme : de toute sa vie, il avait encore à peine rencontré un homme qui réclamât le respect sur le seul droit de l'or

1. I..... While he read
Or mused, his sword was haunted by his touch
Continually, like an uneasy place
In his own body.

et du sang. Le soulèvement de la France lui
semblait, non une révolution, mais un retour
à l'ordre naturel des choses et, par suite, lui
avait au début inspiré plus de sympathie
tranquille que d'enthousiasme. Les préjugés
et les passions de ses amis royalistes d'Orléans
allumèrent son ardeur ; son zèle, qui jusque
alors avait sommeillé, éclata par réaction.
C'était l'heure où les routes se remplissaient
de toute la jeunesse de France courant aux
frontières. « A ce moment encore, les larmes
me viennent aux yeux au souvenir des adieux
de ce temps, arrachements domestiques, courage de femme se séparant de l'objet le plus
cher, espoir terrestre, encouragé de la confiance
du martyr. Même des files d'étrangers, vues
une fois, un moment ; des hommes venus du
lointain, avec un bruit de musique, des airs
de guerre, des bannières déployées, entrant
dans la ville ; çà et là un visage, distingué
dans la foule, toujours étrangers, mais que je
me prenais à aimer ; tous ces spectacles qui
passaient par instant m'élevaient le cœur et
me semblaient des arguments envoyés du ciel
pour prouver que cette cause était une cause

bonne et pure, et contre laquelle on ne pouvait se lever sans être perdu, volontairement pervers. »

Parmi les officiers d'Orléans s'en trouvait un d'un autre moule, tenu à l'écart par les autres, avec un mépris oriental, comme s'il était d'une autre caste. Il était noble de naissance, mais il s'était lié au service du pauvre, comme par un vœu religieux. Il aimait l'homme pour l'homme ; doux et enthousiaste, plus doux sous l'injure, comme ces fleurs aromatiques des Alpes qui expirent un parfum plus délicieux sous le pied qui les écrase. Le nom de ce cœur vaillant ne doit pas être oublié : c'est le général de Beaupuy, un des Mayençais, qui devait bientôt périr, à trente-neuf ans, dans la campagne d'Allemagne [1], « heureux en cela, dit le poète, qu'il n'a point vécu pour voir le destin des temps qui suivirent et ce que nous contem-

---

1. Wordsworth le fait périr, par erreur, en Vendée. Il combattit en Vendée, au retour de Mayence, fut blessé deux fois au passage de la Loire, se fit porter sur les remparts d'Angers assiégé et reçut une troisième balle ; mais il se rétablit, prit part à la campagne d'Allemagne et eût la tête emportée d'un boulet dans la retraite de Moreau, à Emendingen (19 octobre 1796).

plons, nous qui avons des cœurs aussi ardents qu'il avait alors. »

Le soldat et le poète se promenaient ensemble sur les bords de la Loire, causant des temps à venir et des droits nouveaux. Beaupuy lui disait la misère du peuple, l'arbitraire des lois, l'histoire navrante de Julia et Vaudrecour, lui montrait les racines profondes de cet arbre d'iniquité et de mal dont la France était lasse de sentir les branches au-dessus d'elle. Qu'était-ce que les causeries de collège devant ces entretiens à une heure solennelle, où la nature était au bord de la grande épreuve, devant ces paroles recueillies des lèvres d'un homme dévoué, appelé par le destin à donner corps dans l'action à son sentiment intime, et à le livrer au monde sous une forme de bénédiction. A ces heures-là, il n'y a plus de place pour le doute, et la vérité est plus que vérité, c'est un espoir, un désir, un crédo de dévouement, de péril et de mort.

Sur ces bords, encore innocents de carnage, ils rencontraient ces beaux souvenirs de chevalerie, d'amour, de corruption et d'art, semés par la Renaissance, le long de la Loire :

Blois, Chambord et tant d'autres. Le charme de l'art calmait un instant le fanatisme du patriote, sans dire encore, comme le poète désenchanté de nos jours :

> Monuments de la vieille France,
> Passé plus frais que l'avenir,
> Où trouverai-je une espérance.
> Égale à votre souvenir?

Un jour, ils rencontrèrent une jeune fille rongée par la faim, qui se traînait en réglant sa marche languissante sur le pas d'une génisse, attachée par une corde à son bras et arrachant de la haie sa subsistance, tandis que la jeune fille, avec ses mains pâles, tricotait d'un air de désolation : et Beaupuy, tout agité, dit à son ami : « C'est contre cela que nous faisons la guerre [1] ». Et je crus avec lui, dit Wordsworth, qu'un esprit de bonté était en marche, irrésistible; un peu de temps encore et une misère aussi révoltante que celle-là ne se rencontrerait plus dans ce monde.

1.     ... At the sight my friend
In agitation said, « 'Tis against *that*
That we are fighting »; I with him believed
That a benignant spirit was abroad
Which might not be withstood...

Cependant les événements se précipitaient à Paris. Par une belle journée silencieuse d'octobre, une journée faite pour adoucir le regret tout en l'aiguisant, il dit adieu aux bords enchantés de la Loire et se jeta dans la fournaise parisienne. Le roi était tombé du trône; l'armée d'invasion avait éclaté sans ravage sur les plaines de la Liberté. La France avait jeté un défi à l'Europe, le cri de République. Sans doute, des crimes horribles avaient été commis auparavant, une œuvre de massacre où l'épée était le juge qu'on implorait; mais c'était fini; la terre en était délivrée pour toujours, pensait-on; monstres éphémères qu'on ne voit qu'une fois, qui ne peuvent se montrer que pour mourir!

C'est avec ces espérances qu'il revenait à Paris; il parcourut l'immense cité avec une ardeur qu'il n'avait jamais sentie; il passa devant la prison de Louis, devant le Louvre où avait naguère hurlé le canon de l'assaut, devant le Carrousel, vide à présent, mais si longtemps entassé de morts sur les vivants. Il regardait tous ces lieux, pages muettes à présent, dont il essayait en vain de déchiffrer les secrets. Mais cette nuit-là il sentit au plus profond du cœur dans quel monde il était, quel sol il foulait, quel air il respirait. Il occupait une grande chambre solitaire d'un grand hôtel, qui lui aurait plu dans d'autres temps : la bougie était allumée, il veillait, lisant par intervalle : « La crainte passée m'étreignait comme une crainte d'avenir. Je songeais à ces massacres de septembre, dont je n'étais séparé que par un petit mois, je les voyais, je les touchais... Le cheval apprend son manège ; point d'étoile de course si fantastique qu'elle ne revienne sur ses pas; au coup d'ouragan épuisé l'air prépare un successeur plus terrible; la marée se retire, mais pour revenir de sa retraite cachée dans le grand abîme ; toute chose a une seconde naissance, le tremblement de terre n'est point assouvi en un coup; ainsi ma pensée travaillait sur elle-même, tant qu'enfin j'entendis une voix qui criait à toute la cité : *Tu ne dormiras plus* [1]. »

1.      I thought of those September massacres.
Divided from me by one little month,
Saw them and touched.....
And in this way I wrought upon myself,
Until I seemed to hear a voice that cried,
To the whole city, *Sleep no more*!

La voix fit évanouir le rêve qui l'avait créée; mais tous les efforts de la réflexion calmée furent impuissants à lui rendre la paix et l'oubli. Le lieu, tout silencieux qu'il était, ne lui semblait plus un lieu fait pour le repos de la nuit, comme un bois où les tigres rôdent.

Le lendemain matin, sous les arcades du Palais-Royal, il entend la voix aigre des crieurs vendant la Dénonciation des crimes de Robespierre; c'était l'audacieux et impuissant réquisitoire de Louvet, qui seul avait osé, quand les plus hardis se contentaient d'allusions timides et de réticences, jeter en face à Robespierre le crime de Septembre [1]. Louvet resta seul et dut se retirer en pleurant que le secours du ciel fût perdu sur des hommes traîtres envers eux-mêmes.

Lié avec les Girondins, Wordsworth songea un instant à intervenir activement dans le drame qui se déroulait. « Étranger obscur, sans grand pouvoir d'éloquence même dans ma langue maternelle, mal fait pour le tu-

1. Séance du 29 octobre 1792.

multe ou l'intrigue, j'aurais volontiers, à cette
heure, entrepris un service si dangereux qu'il
fût pour une cause si grande. » La destinée
de l'humanité repose sur les individus [1] ; un
esprit, puissant à espérer et élevé dans de
nobles aspirations, un esprit entièrement fidèle
à lui-même, sera l'instinct dominateur qui
guide le troupeau irraisonnant de la société.
La vertu d'un esprit supérieur aurait humilié
toutes ces têtes impies, étouffé la violence et
l'insulte. Le jeune étranger pensait être cet
esprit. Cette tentative où un Mirabeau avait
échoué, et qui l'eût conduit droit à l'écha-
faud de la Gironde, lui fut épargnée par un
incident prosaïque : sa famille lui coupait les
vivres. Il revint en Angleterre, mais son cœur
était en France et avec la France. Alors vint
le grand coup, le grand déchirement : honte
et pitié! l'Angleterre, la libre Angleterre,
entrait dans la ligue contre la République.


[1].          . . . . I revolved
         How much the destiny of Man had still
         Hung upon single persons.

Le contre-pied d'Anacharsis Clotz, mais plus près de la
vérité.

Il abjura l'Angleterre : il triomphait de joie quand les Anglais, par milliers, étaient couchés par terre, sans gloire, ou fuyaient honteusement. Et quand, dans l'église du village, les paysans, agenouillés exaltaient Dieu pour quelque victoire nationale, lui, comme un hôte invité, restait silencieux et se repaissait de la vengeance à venir. La patrie disparaissait, comme le Précurseur devant le Dieu nouveau qu'il annonçait; l'apostasie n'était qu'une conversion à une foi plus haute.

Cependant en France, les hommes qui, pour leurs fins désespérées, avaient déraciné la pitié, étaient joyeux de ce nouvel ennemi qui venait. Les tyrans en devenaient forts comme des démons, et, de tous côtés enveloppé d'ennemis, le pays harcelé devint fou ; le crime de quelques-uns devint la folie de tous : les souffles de l'enfer montaient sanctifiés comme les brises du ciel. Toute l'année, le carnage à l'intérieur faisait fête chaque jour; vieillards arrachés du coin de la cheminée, jeunes filles du sein de leur amour, mère, du berceau de leur enfant, soldats du champ de bataille, tous périssaient, tous amis, ennemis, de tout parti, tout âge, tout rang, tête après tête, et jamais assez au gré de ceux qui les faisaient tomber.

Et toutes ces horreurs s'accomplissaient sous l'autorité de la liberté innocente, et rien n'aurait pu se faire sans son nom béni. L'illustre femme de Roland, à l'heure suprême, sentit cette angoisse et l'exhala dans ses derniers mots. Les envahisseurs recevaient, il est vrai, le sort qu'ils avaient mérité : la République herculéenne avait étendu les bras et étranglé avec la force d'une enfance divine les serpents glissés dans son berceau. C'était bien et c'était ce qu'il fallait; mais cela ne suffisait pour dégager l'esprit de l'angoisse du passé et de l'avenir. Les pensées du poète, jour et nuit, étaient hantées d'horreur : des mois, des années après les dernières pulsations du carnage, le sommeil ne venait plus sans un cortège de visions sinistres, instruments de mort, victimes innocentes affaissées de terreur, éclairs d'espoir, prières usées, cellules solitaires, cachots bondés de victimes faisant de folles plaisanteries sur la poussière abattue par les

pleurs. Puis soudain la scène changeait et le
rêve, sans se rompre, l'enlaçait dans de longs
discours qu'il essayait de plaider devant un
tribunal inique, avec une voix pénible, la tête
égarée, et un sentiment mortel de trahison et
de désertion dans son dernier refuge, son âme
même.

Mais il commençait vers cette époque à
s'abandonner tout entier à l'âme de la nature,
qui le calmait, le délivrait, lui rendait le
repos des nuits par le rêve des jours. Soulevé au-dessus de l'humanité sans la perdre
de vue, la passion et le trouble s'harmoni-
saient dans son cœur en espérance pacifiée, et
du fond de l'ouragan il entendait passer les
souffles d'une musique sauvage. Comme le
désert a des oasis, la mer des îlots semés sur
ses vagues orageuses, ainsi dans cette période
désastreuse éclataient des étincelles de perfection humaine vers lesquelles les saints du ciel
en extase dirigeaient leur baguette d'argent.
Et devant ces dévouements, sa pensée se repor-
tait malgré elle vers ces jours heureux, où,
jeune pèlerin, pour la première fois, il traversa la France, et ce soir surtout où sous les

fenêtres, illuminées de faces heureuses et tressées de guirlandes, à travers l'arc-en-ciel de
fleurs des arcs de triomphe de la liberté, il se
promenait dans Arras qui envoyait, avec de
sublimes promesses de soutenir l'humanité et
le droit, le député Robespierre.

Un jour qu'il se promenait sur la plage de
Leven, contemplant les nuées ensoleillées et
les pics lointains confondus dans une seule et
même gloire inséparable, un passant leur cria :

— Robespierre est mort!

Et le poète entonna sur le sable du rivage
un hymne de triomphe à la justice éternelle :
« Venez donc, jours de l'âge d'or ; comme le
matin vient du sein de la nuit, venez ! Ces
désespérés grotesques qui avaient lancé un
fleuve de sang et prêché que rien d'autre ne
pourrait laver les écuries d'Augias, ont été
balayés par le torrent qu'ils invoquaient : leur
folie éclate au jour, c'est ailleurs qu'il faut à
présent chercher le salut, et la terre va marcher à pas fermes vers le droit et la paix. »

La Terreur avait cessé. Le pouvoir était
faible et incohérent, mais le poète avait
confiance dans le peuple. « Je savais que nul

coup du dehors ne pourrait tuer la jeune République ; que les nouveaux ennemis ne feraient que suivre leurs frères dans le chemin de la honte, et que son triomphe serait à la fin universel et irrésistible. »

Mais voilà que, devenus oppresseurs à leur tour, les Français changeaient la guerre de défense en guerre de conquête, oubliant pourquoi ils avaient lutté. Ouvertement, aux yeux de la terre et du ciel, la liberté remontait au ciel.

« Je lus son destin avec colère et déception, mais sans effroi. Ce sublime éclat de 89 a abouti à l'Empire de 1804 et à la restauration d'un despotisme pire que l'ancien. Ce pays qui jadis levait au ciel les regards de la foi, comme l'Hébreu attendant la manne, prend leçon du chien retournant à son vomissement ; ce soleil qui se levait en toute splendeur, vivant et marchant triomphalement dans la pompe vivante des nuages, tourne en jouet de fête, en machine de théâtre, en fantôme d'opéra, et pour clore et sceller tout le gain de la France, on appelle à Paris un pape pour couronner un empereur. »

Telle est, en résumé, cette confession, une des plus éloquentes, des plus nobles et des plus franches qui aient été jamais écrites. Elle mériterait d'être étudiée en France. Elle contient bien des enseignements, pour l'histoire autant que pour l'art. Ce tableau de l'armée en 91 et de son dualisme est un chef-d'œuvre qui ne pouvait guère être fait que par un étranger.

Je m'arrêterai seulement à faire ressortir deux traits importants pour l'histoire exté-rieure de la Révolution. Le premier, c'est que l'horreur qu'elle inspira en Europe, ou du moins en Angleterre, n'est pas un fruit de ses crimes, mais de ses conquêtes : la pointe de son épée était plus odieuse que le tranchant de son couperet. Wordsworth ne chante pas la pali-nodie en 93, mais en 99, après les victoires de Bonaparte. Il n'est pas le seul : Southey, le tory frénétique de 1808, garde encore, en 1796, dans la seconde édition de sa *Jeanne d'Arc*, toute la phraséologie révolutionnaire de 1793. Coleridge, en 1796, fait encore de Pitt le démon incarné du massacre et de la guerre.

La réconciliation était encore possible, même par-dessus les torrents de sang de la Terreur. Il y eut ainsi dans l'histoire de la Révolution plus d'un moment où l'on pouvait encore enrayer le mouvement de répulsion de l'Europe, et chaque fois un mauvais génie, tantôt le fanatique de tribune, tantôt le démon des camps, repoussa l'olivier tendu et ranima l'extermination. Un autre enseignement, c'est que le gouvernement anglais de 1793 est pour une large part responsable des déviations de la Révolution et des siècles de haine et de guerre déchaînés à cette heure. L'Angleterre était, de toute l'Europe — les Anglais le reconnaissent à présent — le seul pays que la Révolution ne menaçât pas ; les criailleries des jacobins anglais n'étaient pas pour mettre en danger la nation, et en tout cas la querelle était à vider entre elle et ses gouvernants, non entre elle et la France. L'intervention de l'Angleterre, en décuplant le péril pour la France, décuplait le pouvoir des ultras, et, du même coup, détachait violemment la Révolution des vrais modérés, la lançait dans la folie furieuse et compromettait pour longtemps son avènement pacifique en France et en Europe. Il faudra des générations pour la dégager de l'alliage impur des associations de colère et de haine dont elle s'est enveloppée dans ces heures sinistres. Le jour où Pitt, après de longues résistances, se laissa déborder par le sentimentalisme furieux de l'Irlandais Burke et par les chevaliers du gothique larmoyant, et chercha dans la guerre contre une Révolution sœur de la Révolution anglaise un dérivatif aux périls de l'intérieur, il fit à la cause de l'Europe et de l'humanité plus de mal et pour plus de siècles que jamais homme n'en a fait. Sans dire, avec un Anglais de nos jours, qu'il mérite le titre d'honneur donné à Louis Napoléon après le coup d'État, — « le plus grand coquin alors vivant en Europe », — on peut dire que l'exécration dont le poursuivirent les jacobins anglais et le sentiment public en France ne sont que l'expression aveugle, mais fondée, du grief de l'histoire et de l'avenir.

La sincérité et l'honnêteté personnelles de Pitt ne sont une excuse que pour l'homme et non pour le politique, qui doit être jugé pour le mal qu'il fait et non pour le bien qu'il veut. C'est à l'histoire édifiante et moralisante de s'amuser, s'il lui plaît, à scruter les cœurs et à épiloguer sur les intentions.

# LA VIE DE GEORGE ELIOT

## I

Un éditeur anglais vient de commencer la
publication d'une série, qui est sûre du succès
dans un pays et un temps où l'agitation
pour le droit des femmes est si vive et si
intelligemment dirigée : c'est une série de
monographies de femmes illustres *(Eminent
Women Series)* toutes écrites par des dames :
Panthéon féminin élevé par des mains féminines.

La série s'ouvre, comme on pouvait s'y
attendre, par George Eliot : *ab Junone prin-
cipium*. L'auteur est miss Blind, écrivain distingué et auteur de poésies d'un accent per-

sonnel remarquable [1]. Bien que George Eliot,
avec raison, eut horreur des critiques, je crois
qu'elle aurait lu ce livre avec plaisir. Elle y
aurait retrouvé un rayon d'elle-même et quelques-unes des qualités qu'elle devait surtout
aimer en autrui, car elles sont le fonds même
de son génie : la sympathie profonde qui entre
dans la pensée étrangère, la largeur de vues
qui embrasse toute la complexité de l'âme et
de la vie, la force et la virilité d'expression
qui n'enlèvent rien à la délicatesse et à la
nuance. Il semble qu'il y ait harmonie préé-
tablie entre le grand écrivain et son biographe.
Je vais ici retracer rapidement, d'après miss
Blind, non pas l'œuvre, mais la vie de George
Eliot. Cette vie, en apparence sans aventure,
et dont le seul incident romanesque échappe à
la curiosité du public, cette vie dont toute
l'histoire semble d'abord ne devoir être qu'une
simple énumération des œuvres qu'elle a
laissées, n'en a pas moins eu ses orages, invi-
sibles au dehors, mais dont la trace survit
dans ces œuvres. Le charme principal du livre

1. *The Prophecy of St Oran and other poems*, London,
Newman, 1881.

de miss Blind est dans cette restitution de la tragédie intérieure d'une des âmes de femme les plus puissantes et les plus nobles que le siècle ait produites. Cette restitution, faite en partie avec le témoignage des amis de George Eliot, mais surtout avec le témoignage de ses propres créations, est une véritable œuvre de critique scientifique.

Mary Ann Evans, connue dans le monde et dans la postérité sous le nom de George Eliot, était née en 1819, dans la patrie de Shakespeare, le Warwickshire. Son père était l'agent d'un riche landlord du pays, sir Roger Newdigate. Élevée dans le Jardin de l'Angleterre, en contact de tous les jours avec la vie réelle de la campagne, elle grandit en enfant de la terre et puisa là, dès l'enfance, ses deux grandes puissances : le sentiment profond des forces réelles, et l'amour sympathique de la réalité, si triste et désenchantée qu'elle puisse paraître plus tard à la réflexion. S'il est vrai que l'œuvre de tout artiste n'est que la confession de ce qu'il a senti et vécu, l'on peut dire que toute l'œuvre de George Eliot est une confession de son enfance. Les personnages les plus

6.

vivants de son œuvre, ceux qui resteront, sont nés des êtres de chair et d'os qu'elle a vus autour d'elle dans ses premières années, et c'est pour cela qu'ils sont si vivants et si vrais ; il n'y a que ce que nous avons absorbé de vie dans l'enfance, dans cet éveil des sens et de l'âme naissante, que l'âme mûre pourra comprendre et saura rendre : c'est le cœur de l'enfant qui bat dans le cerveau de l'homme. Son âme d'enfant, à elle-même, revit dans l'adorable type de Maggie Tulliver, la petite fille toute de logique et de rêve, de fantaisie enthousiaste et sérieuse. Mary Ann grandit vite ; ses camarades d'école la regardaient à distance avec un mélange d'admiration et de respect. Les enfants ont plus que les hommes faits l'instinct du génie : la puissance déposée dans cette âme qui se sent déjà solitaire et vit à l'écart dans ses rêves et ses visions, non par dédain des jeux et des passions de ses sœurs, qu'elle envie souvent et pleure de ne pouvoir partager, mais par la vague tyrannie d'une pensée étrangère qui déjà la domine, cette puissance se fait bien plus vite et plus spontanément reconnaître sur les bancs de l'école qu'elle ne le fera plus tard dans le monde : la sensation du génie n'est pas encore obscurcie, dans ce public frais et sincère, par les révoltes de la jalousie et de la médiocrité qui dorment encore, et lui-même pousse comme une fleur plus libre, sans être encore empoisonné par la conscience de lui-même ou, ce qui est pis, par le doute.

A quinze ans, elle perdit sa mère. Sa sœur aînée et son frère se marièrent loin du foyer ; les séparations venaient de toutes parts, et elle se trouva presque seule au monde. Sa séparation d'avec son frère devait être un jour la plus douloureuse de toutes, car c'était la séparation des cœurs. Son frère avait été le guide et l'idole de son enfance ; mais il se trouva que leurs âmes n'étaient pas sœurs. De là sortit le caractère saisissant et tragique de Tom Tulliver, le frère dévoué et le tyran inexorable de Maggie, incarnation de la convention et de ses lois d'honneur, honnête, dur et étroit, impeccable et implacable ; dès son enfance « parfaitement décidé sur un point, c'est qu'il punirait quiconque le mérite. N'était-il pas prêt à subir la punition s'il en méritait ? Mais seulement lui n'en méritait jamais ». L'écho de ces souffrances intimes revient dans plus d'un passage poignant de George Eliot. « Les ressemblances de famille ont souvent en elles une tristesse profonde. La nature, cette grande tragédienne, nous relie os par os, muscle par muscle et nous divise par la trame plus subtile du cerveau ; elle marie attraction et répulsion, nous enchaîne par les fibres du cœur à des êtres qui les font grincer à tout instant. Nous voyons des yeux, si semblables, hélas ! à ceux de notre mère, détournés de nous dans une froide aversion. »

Mary Ann, ou comme l'appelaient ses amis, Marian, resta seule avec son père à la ferme de Griff House pendant quelques années. Elle était fermière modèle. Elle avait les mains remarquablement belles : un jour elle montra à une de ses amies qu'elle avait une main plus large que l'autre, et remarqua avec orgueil que cela était dû à la quantité de fromage et de beurre qu'elle avait battu à la ferme.

En 1841, — elle avait alors vingt-deux ans, — son père quitta sa ferme et se retira à Foleshill, près de Coventry. Une nouvelle

période commença pour la jeune fermière; elle
eut tout son temps à elle pour étudier, et le
hasard la fit entrer alors en relations avec un
groupe remarquable qui vivait près de chez
elle, à Closehill, un groupe unitarien que l'étude
des preuves du christianisme avait conduit peu
à peu à un rationalisme respectueux, qui ne
laissait guère subsister de la religion que le
sentiment religieux. Ce groupe était composé
de quatre personnes, Mr et Mrs Bray, et
Mr et miss Hennell, frère et sœur de Mrs Bray.
Marian avait été longtemps évangéliste fervente,
presque calviniste : une amie commune, comp-
tant sur l'ardeur et la science de la jeune
enthousiaste, la présenta aux Bray pour les
ramener par elle. L'événement tourna contre
ses prévisions. Des doutes avaient commencé à
germer dans la pensée de Marian, dans le commerce des littératures ancienne et moderne
dont elle se nourrissait depuis quelques années :
de tendres souvenirs qu'elle tremblait à rompre
la retenaient seuls encore. Les nouveaux amis
qu'elle était chargée de convertir n'eurent pas
de peine à la convertir. Il y eut des déchire-
ments autour d'elle; une partie de ses anciens

6.

amis s'écartèrent avec terreur; son père même, qui la laissait d'ailleurs parfaitement libre de penser comme elle l'entendait, dans le for intérieur, mais qui tenait avant toutes choses à la conformité extérieure, éclata quand elle déclara qu'elle n'irait plus à l'église. Elle songea un instant à quitter son père et à aller vivre seule à Coventry; elle ne céda à son père que sur les instances mêmes des Bray.

Marian crut alors avoir trouvé sa voie, et se plongea dans la philosophie et la théologie. C'était le moment où Strauss venait de réduire toute la vie du Christ en une poussière impalpable de mythes, et sa *Vie de Jésus* faisait trembler tous les théologiens des deux mondes. Une amie de Mr Hennell, miss Brabant, en avait commencé, sur son avis, une traduction anglaise; mais elle s'était arrêtée à la moitié du premier volume, pour épouser son conseiller. Marian prit la tâche interrompue et la mena à bonne fin; pour se préparer à ce travail, dont les initiés seuls peuvent concevoir la difficulté, elle avait poussé la conscience jusqu'à étudier l'hébreu : elle passa trois années de sa vie dans ce labeur, qui lui fut payé vingt livres. De

Strauss elle passa à Feuerbach, dont elle traduisit l'*Essence du Christianisme* ; de Feuerbach
au *De Deo* de Spinoza. La réputation que lui
valurent ces traductions, d'une précision et
d'une vigueur remarquées parmi le monde
philosophique, l'appela bientôt à Londres. Le
docteur Chapman, qui venait de remplacer
John Stuart Mill dans la direction de la *Westminster Review*, lui offrait la co-direction de la
Revue. C'étaient les beaux jours de la Revue,
avec Mill, Herbert Spencer, George Lewes,
Harriet Martineau et tout ce groupe, brillant
ou profond, qui, en descendant la tradition
anglaise de Bacon, allait rejoindre Comte et
le positivisme français.

Miss Evans entra dans la Revue en 1852, à
trente-trois ans. Quelques-uns de ses articles
sont restés célèbres, principalement ceux où
elle épanchait ses ressentiments de prosélyte
contre le mensonge et le creux de la religion
établie, et de cette moralité bizarre qui ne
trouve point dans la réalité vivante de force
suffisante où s'appuyer et va accrocher le devoir aux étoiles. Ces articles sont empreints
d'une amertume et d'une force de satire qui

rappelle parfois les *Provinciales*. Tel son article sur le poète Young, type achevé du moraliste selon le cœur de l'Église établie, « également frappé de l'importance suprême de la mort et de celle des honoraires pour enterrement ; languissant à la fois pour la vie immortelle et pour de bons moyens de vivre ; ardemment dévoué à tous les patrons, quoique préférant après tout le Tout-Puissant ; enseignant avec quelque chose de plus que la conviction officielle le néant des choses terrestres, et sentant quelque chose de plus qu'un dégoût personnel si ses efforts méritoires pour diriger l'attention des hommes vers un autre monde ne sont pas récompensés par une place substantielle dans celui-ci ; convaincu que n'était l'attente de l'immortalité, il serait agréable et bien avisé d'être immoral ou d'assassiner son père, et que, ciel à part, il serait très déraisonnable pour un homme de n'être pas un drôle ». Elle est intarissable dans son mépris du prêcheur évangélique : « Étant donné un homme d'intelligence modérée, d'un étalon moral pas au-dessus de la moyenne, quelque richesse de rhétorique, une grande abondance de parole :

quelle est la carrière où, sans le secours de la naissance ou de l'argent, il pourra le plus aisément obtenir le pouvoir et la réputation dans la société anglaise ? Où est ce Goshen de la médiocrité intellectuelle, où une teinture d'instruction passera pour science profonde, où les platitudes seront acceptées pour sagesse, l'étroitesse bigote pour zèle saint ?... Que cet homme se fasse prêcheur évangélique ; il trouvera alors possible de concilier un mince talent avec de grandes ambitions, une connaissance superficielle avec le prestige de l'érudition, une morale moyenne avec une haute réputation de sainteté. Qu'il évite les extrêmes dans la pratique et ne soit ultra que dans la théorie pure. Qu'il soit strict sur la prédestination, et latitudinarien sur l'article du jeûne ; inflexible sur l'éternité des peines, mais timide quand il s'agit de retrancher les commodités du siècle ; ardent et plein d'imagination à décrire l'arrivée du Christ avant le Millénium, mais froid et réservé pour toute autre infraction au *statu quo*. Qu'il ne soit dur et littéral dans l'interprétation que quand il faut lancer des textes à la tête des incrédules et des adversaires ; mais

quand la lettre des Écritures presse de trop
près le christianisme délicat du XIX° siècle,
qu'il emploie son alambic à spiritualisation
et qu'il le volatilise en éther impalpable...
De cette façon, il pourra gagner une chaire
métropolitaine ; le chemin de son église sera
aussi encombré que celui de l'Opéra ; il n'a
qu'à imprimer ses sermons prophétiques, et
à les relier en lilas et or, et ils orneront la
table du salon de toutes les dames évangé-
liques qui liront, en guise de « lecture légère »
pieuse, comme quoi la prophétie des sauterelles
qui ont leur dard à la queue est réalisée par
l'étendard à queue de cheval du général turc,
et comment les Français sont les grenouilles
prédites par l'Apocalypse. » Le type prêtait,
et miss Evans s'en est donné à cœur joie. Mais
il y avait au fond de ces sarcasmes plus
qu'une satire, il y avait un principe de morale
dont toutes ses nouvelles devaient être plus
tard la mise en action, et qu'elle expose dans
un article intitulé, d'un barbarisme heureux
créé par Coleridge : « Esprit mondain et *autre-
mondain* » (Worldliness and Other-wordliness).
C'est que la vie terrestre n'a pas besoin de la

perspective du ciel pour avoir son infini et que la terre est son ciel à elle-même. « Le pathétique profond contenu dans la pensée de la mortalité humaine, que nous sommes ici pour un instant et nous évanouissons, que cette vie terrestre est tout ce qui est donné à ceux que nous aimons et à nos innombrables compagnons de souffrance, cette pensée touche de plus près aux sources de l'émotion morale que l'idée d'une existence indéfinie. »

Rien encore n'annonçait la nouvelliste. Un article de critique littéraire, paru en 1856, la même année que son premier roman, et intitulé : *Romans niais par des romancières*, écrit dans le même style sarcastique et impitoyable que ses articles de théologie, nous montre pourtant qu'à cette époque toute sa conception du roman était faite et parfaite. Le roman a un objet : peindre le peuple ; un principe : le culte de la vérité. « L'art est la chose la plus proche de la vie : c'est une façon d'amplifier l'expérience et d'étendre notre contact avec nos semblables au delà des bornes de notre lot personnel. La tâche de l'artiste n'en est que plus sacrée quand il entreprend de peindre la vie

du peuple. La falsification est ici bien plus
pernicieuse que dans la peinture des aspects
plus artificiels de la vie. Il importe assez peu
après tout que nous nous fassions des idées
fausses sur des modes qui s'évanouissent, sur
les manières et la conversation des *beaux* et
des duchesses ; mais c'est une chose sérieuse
que notre sympathie avec les joies et les luttes
durables, les peines, la tragédie, l'humour de
la vie de nos semblables plus lourdement
chargés, soit pervertie et tournée vers un objet
faux au lieu du vrai ». Le peuple n'a pas encore été dépeint : le paysan des romans est un
être de convention, un personnage de pasto-
rale, un héros d'idylle. « Quand vous voyez
les faucheurs au lointain, relevant les fourches
pleines de foin dans la lumière d'or, tandis
que la charrette s'avance lentement sur la
prairie avec sa charge qui s'accroît et que le
brillant espace vert qui dit la tâche accomplie
s'élargit de plus en plus, vous dites que c'est
là une scène riante et vous pensez que ces compagnons de travail doivent être aussi brillants
et aussi joyeux que la peinture qu'ils animent.
Approchez un peu plus, et vous verrez que la

fenaison est en effet le temps des plaisanteries, surtout s'il y a des femmes parmi les laboureurs. Mais le rire grossier qui éclate à chaque instant est aussi loin que possible de votre conception de la gaieté d'une idylle... Le seul royaume de la fantaisie et de l'imagination pour un paysan anglais est au fond de la troisième bouteille. » L'honnêteté du paysan n'est pas moins conventionnelle que sa délicatesse : « Un batteur de grain ne fera pas de faux en écriture, mais il n'emportera pas moins le blé de son maître dans ses chaussures et sa poche ; le moissonneur n'écrira pas de lettre pour mendier, mais il sait enjôler la fille de laiterie pour remplir d'ale sa bouteille. La vue des boutons d'or n'éteint pas les instincts égoïstes, et pour rendre les hommes moraux, il faut quelque chose de plus que les mettre au vert. »

Miss Evans pouvait, dès ce jour, prendre la plume de romancière. Elle connaissait tout son art, mais elle s'ignorait elle-même. Elle aurait pu continuer à user sa vie dans une tâche inférieure à son génie, si élevée qu'elle fût, et où elle se dispersait sans donner tout ce qu'il y avait de trésors de vie et d'observation amassés en elle. Plus d'un génie s'épuise ainsi sans laisser sa mesure, faute d'avoir pris conscience de l'œuvre pour laquelle il est né ou d'avoir trouvé un regard ami qui le lui révèle. Mary Ann trouva au dehors ce regard ami, et la conscience de sa destinée fut une révélation de l'amour.

# GEORGE ELIOT

D'APRÈS UNE CORRESPONDANCE INÉDITE

La correspondance est le cœur de toute biographie, car elle nous fait entrer dans le détail journalier de la vie et dans le personnage intérieur. Cela est vrai pour la biographie du grand écrivain plus que de tout autre. Ses lettres, si elles ont été écrites en toute sincérité, c'est-à-dire pour l'ami qui les reçoit et non pour un public, nous font connaître le rapport exact de son œuvre à son cœur et ce qu'il y a de vérité dans son art.

George Eliot a beaucoup écrit. Elle a eu, entre autres, trois correspondantes fidèles avec lesquelles elle est restée en commerce continu, sa vie durant. M. Cross a centralisé toute cette correspondance, destinée à servir de matériaux au monument qu'il a entrepris d'élever à la mémoire du grand et noble esprit qui avait partagé son nom dans la dernière année de sa vie.

Une des amies les plus intimes de George Eliot, une amie de trente années, madame B..., m'a fait l'honneur de me confier sa part de cette correspondance, en m'autorisant à en extraire ce qui pourrait intéresser les amis français de George Eliot et de la littérature anglaise. Cette correspondance s'ouvre au lendemain du jour où George Eliot entre de plain-pied dans la gloire avec *Adam Bede*. Il sera nécessaire, avant d'introduire le lecteur dans sa confidence, de rappeler brièvement son début dans le roman.

1

Miss Evans avait rencontré à la direction de la Revue de Westminster George Henry Lewes, l'esprit le plus universel, et le plus alerte que la littérature anglaise ait produit dans ce siècle, supérieur comme critique, comme philosophe, comme physiologiste, étincelant d'esprit et cachant la profondeur sous l'éclat de la verve. Elle fut charmée, il fut fasciné et une union se forma, que, dans la situation de Lewes, la loi ne pouvait avouer, mais que la mort seule devait briser vingt-cinq ans plus tard, et qui s'imposa au respect des hommes.

Un jour, Lewes, frappé du prodigieux talent

d'observation de sa femme, lui dit : « Ma chère, vous feriez une romancière accomplie. » Quelques jours après, elle s'enferma dans sa chambre et écrivit *Amos Barton* (la première des *Scènes de la vie cléricale*). Lewes l'avait devinée et révélée à elle-même : il avait trouvé la voie où allait s'épandre en toute liberté tout ce qu'il y avait en elle de pensée accumulée en vingt années de méditations, plus que cela, tout ce qu'elle avait aspiré de la vie universelle par les yeux, l'oreille et le cœur, dès sa plus lointaine enfance, bien avant même le jour où, allant à la pêche avec son frère Isaac, elle oubliait, à rêver, la ligne qui pend dans l'étang. *Les Scènes de la vie cléricale*, publiées sans nom d'auteur en 1857, éveillèrent l'attention des connaisseurs, qui comprirent que *quelqu'un* venait de naître. Deux ans plus tard, parut *Adam Bede* sous la signature de *George Eliot*. En quelques jours toute l'Angleterre avait appris ce nom nouveau : elle ne devait plus l'oublier.

C'est à cet instant que s'ouvre notre correspondance. La correspondante de George Eliot, madame B..., paysagiste d'un rare talent, d'une poésie pénétrante, dont les œuvres, connues et admirées dans un cercle restreint d'amis et d'amateurs, lui auraient valu la célébrité publique, si elle l'avait cherchée, prenait un intérêt passionné dans toutes les questions littéraires, philosophiques et sociales à l'ordre du jour. Elle était une des plus actives initiatrices du mouvement pour l'éducation supérieure des femmes, convaincue que là est la solution ou du moins une des solutions du problème social : réformer la femme, pour réformer par elle l'homme qui en a au moins autant besoin. A vingt et un ans, elle avait fondé et entretenu à ses frais une des premières écoles d'enseignement supérieur pour les jeunes filles qui aient été fondées à Londres, école dont elle resta la directrice et où elle enseigna de longues années. Plus tard, elle devait être une des principales fondatrices de ce collège de Girton qui a tant fait pour élever si haut le niveau de l'éducation des femmes en Angleterre. C'est à Londres, dans le cercle de la *Westminster Review*, que madame B... rencontra miss Evans[1]. Elles

---

1. Le 2 juillet 1852.

avaient trois grandes choses en commun : un
même culte des choses de l'esprit, une même
foi philosophique, un même idéal de progrès
social. Elles ne furent pas longtemps à se
comprendre, et se sentirent amies dès l'abord,
d'une amitié entière, de toute pensée et de
tout sentiment.

A la date où commencent les lettres qui
nous sont confiées, la première période de la
vie de George Eliot était passée : elle sortait
de la période souffrante et militante pour
entrer dans la période triomphante. Cette première période, — dans un certain sens la
plus importante de sa vie, puisque c'est celle
où se forma son génie, — avait été faite d'angoisses, de luttes et de souffrances de toute
sorte dont il ne reste plus de confession-
directe, mais dont l'ombre passe plus d'une
fois sur son œuvre. Elle avait souffert en elle-
même et en autrui : elle avait eu à lutter contre
elle-même et contre ceux qu'elle aimait, et elle
avait vaincu au prix de son bonheur. Elle avait
vu la foi de son enfance mourir douloureuse-
ment en elle ; de vieilles affections familières,
froissées par son abjuration, briser avec elle ;

un frère adoré s'éloigner d'elle dans la froideur
de l'étranger ; la mort lui enlever son père à
l'heure où elle avait le plus besoin d'un dernier
reste d'affection. Puis, dans le silence et la
paix apparente du travail, étaient venues les
vagues et indicibles tortures du cœur isolé et
sans appui et du génie qui s'ignore et se cherche ;
l'angoisse de sentir confusément dans son cœur
une force d'affection qui s'éteindra sans objet
et dans son cerveau une lumière qui pourrait
éclairer les hommes et qui s'éteindra obscurément ; le remords de sentir que l'on était
peut-être du petit nombre des élus qui ont
une destinée et qu'il faudra disparaître sans
avoir rempli sa mission terrestre, sans en avoir
deviné l'énigme, incompris du monde indiffé-
rent et de soi-même. Ces troubles et ces angoisses avaient marqué leur empreinte dans les
traits amaigris et tourmentés d'une figure
souffrante, illuminée, dès que les lèvres
s'ouvraient, d'un rayon de pensée surnaturel,
et qui rappelaient, dit-on, d'une façon frappante
les traits de trois figures sœurs : celle de Savo-
narole, celle de Dante et celle que la tradition
de l'art a prêtée au fils de Marie. Plus tard,

7.

quand la gloire vint, elle ne vint point sans
ses amertumes : le *cant* plus d'une fois se voila
la face devant le cœur vaillant qui, sans bra-
vade ni défi, lui avait refusé le droit de lui
dicter sa conduite et d'empiéter sur sa conscience, et il fallut des années et la tyrannie
de l'admiration universelle pour que, dans un
certain monde, l'hypocrisie sociale désarmât
devant un des génies les plus purs et les plus
nobles du siècle.

La correspondance de madame B... ne contient
rien de cette première période. Il est douteux
d'ailleurs que la correspondance complète de
George Eliot doive beaucoup éclairer ce côté
tout intérieur de son existence. Une partie des
lettres de cette période, qui contenaient l'écho
de ces luttes contre le monde, a été brûlée sur
sa demande : ayant tout pardonné, elle a voulu
que tout fût oublié. Quant à ses autres souffrances, elles sont de celles qui ne s'écrivent
pas ; les natures assez nobles pour les connaître
sont trop fières pour les confier : tout au plus,
un mot, un cri, çà et là, révèle l'abîme et
l'éclaire. Jusqu'au bout, avec tout son besoin
de sympathie ardente, « cette faim du cœur,

merveilleux dompteur, aussi impérieux que l'autre faim par laquelle la nature nous force à nous soumettre au joug et à changer la face du monde[1] », elle réserve son droit au silence, le droit aux souffrances et aux extases non partagées. En 1863, neuf ans après son mariage, elle écrit à son amie alors à Alger et dans une période de découragement : « Je suis triste de songer que vous voilà sans société artistique pour vous aider et nourrir votre foi. Il est difficile de continuer longtemps à croire qu'il y ait rien *qui vaille la peine*, s'il n'y a là un œil prêt à s'allumer en commun avec le vôtre, un mot prononcé, çà et là, pour vous faire comprendre que ce qui est infiniment précieux à vos yeux est également précieux à un autre esprit. Et pourtant, dans la plus entière confiance, même de mari et de femme, il y a toujours le résidu que l'on ne dit pas, le *résidu indevinable*, peut-être de ce qu'il y a de plus coupable, peut-être de ce qu'il y a de plus exalté et de plus désintéressé[2]. »

1. *The Mill on the Flore.*
2. Lettre du 4 décembre 1863.

## II

Les lettres de George Eliot sont au nombre
de cent quinze, auxquelles il faut joindre une
dizaine de lettres de George Lewes. Elles vont
du 27 avril 1859 au 18 avril 1880, la dernière
étant antérieure de huit mois à la mort de
George Eliot (22 décembre).

*Adam Bede* venait de paraître sous le pseu-
donyme de George Eliot. L'incognito avait été
gardé avec le soin le plus strict : l'auteur était
inconnu de l'éditeur même qui avait reçu le
manuscrit de Lewes. La critique, avec sa
sagacité habituelle, trouvant une œuvre neuve,
n'avait rien trouvé de mieux que de chercher

dans les noms anciens. Dickens seul avait
deviné une main de femme, mais on ne le
croyait pas : il y avait dans *Adam Bede* plus de
force et de profondeur que la critique mascu-
line n'en permet à des filles d'Ève qui écrivent.
Le frère de George Eliot, paraît-il [1], avait
reconnu, dès les premières *Scènes de la vie
cléricale*, des incidents, des traits, des détails,
des mots réels que seul un membre de sa
famille pouvait avoir écrits, mais il avait gardé
le secret. Les habitants de la petite ville de
Nuneaton, où George Eliot avait mis la scène
d'*Amos Barton* en changeant seulement le nom
de la localité, s'étaient reconnus eux aussi : un
indigène de Nuneaton pouvait seul avoir écrit
*Amos* : or, il n'y avait qu'un lettré à Nuneaton,
un certain Liggins, fruit sec de Cambridge ;
qui pouvait songer à la petite fillette qui, vingt
ans auparavant, allait à l'école de miss Lewes ?
Et Liggins se laissait faire une douce violence
et se laissait déclarer dans le *Times*, *urbi et orbi*,
l'auteur des nouvelles qui remuaient toutes les
imaginations.

1. Miss Blind, *George Eliot*, page 123.

Madame B..., mariée récemment à un médecin français, bien connu en Algérie, se trouvait à Alger et n'était point dans le secret. En lisant le roman à la mode qu'elle s'était fait envoyer de Londres sur le bruit qu'il faisait, elle tressaillit, comme devant un objet connu, devant cette forme de style, de pensée, d'imagination, de morale; elle s'écria : « Mary Ann seule peut avoir écrit cela », et aussitôt lui envoya par delà les mers son cri d'admiration.

La réponse de George Eliot forme la seconde lettre du recueil, qui s'ouvre ainsi en plein drame littéraire. C'est un long cri de joie et de reconnaissance de voir son secret de gloire deviné par le cœur d'une amie.

« Que Dieu vous bénisse, bien chère, pour votre amour et votre sympathie. Vous êtes la première amie qui ait donné signe de me reconnaître, le premier cœur qui m'ait reconnue dans un livre qui est sorti de mon cœur des cœurs... Ne suis-je pas une femme bénie d'avoir toute cette raison d'être heureuse d'avoir vécu, en dépit de mes fautes et de mes peines, ou plutôt à raison même de mes fautes et de mes peines? Je n'ai pas eu un instant d'ivresse : au contraire, ces derniers mois ont été pour moi plus tristes que d'habitude, et je n'ai songé à l'avenir et à tout ce qui me reste de travail à faire qu'à rien de ce que j'ai accompli. Mais je crois que votre lettre d'aujourd'hui m'a donné plus de joie, plus de chaleur au cœur que toutes les lettres, tous les articles et autres témoignages de succès qui sont venus me trouver depuis les soirs où je lisais à haute voix mes manuscrits à mon cher, mon cher mari, et qu'il riait et pleurait tour à tour, jusqu'à ce qu'enfin il se jeta vers moi pour m'embrasser. C'est lui la bénédiction première qui m'a rendu possible tout le reste, en donnant à tout ce que j'écrivais la réponse du cœur qui me prouvait que je ne m'étais pas méprise sur ma tâche. »

Lewes joint ses effusions à celles de George Eliot; mais c'est la note légère à côté de la note grave :

« Ma chère, vous êtes adorable : je l'ai toujours dit. Je ne sais si je vous l'ai jamais dit : ma timidité m'aura retenu comme toujours; mais je le dis à présent. Vous êtes la personne sur la sympathie de qui nous

comptions tous deux, et nous avons à peine
pu retenir notre secret avant votre départ :
mais nous sommes heureux que vous l'ayez
trouvé de vous-même. Le succès du livre est
inouï. Pour une fois l'opinion publique semble
unanime. Ce qu'il y a d'amusant, c'est qu'à
part Dickens et ceux qui le croient sur parole
tout le monde veut que l'auteur soit un
homme, et, la plupart un clergyman. Un
homme d'Université, disent tous les *dons* d'Oxford et de Cambridge... Si vous connaissez
Polly comme je crois que vous le faites, vous
devez savoir quel bien, quel bien cordial votre
lettre lui a fait. »

Mais la couronne de lauriers avait ses épines.
George Eliot était d'une sensibilité étrange à
la critique; moitié sentiment de sa force,
moitié faiblesse féminine. Le génie, quand il
n'est pas infatué de lui-même et a gardé son
bon sens, est en réalité le seul juge compé-
tent de son œuvre; seul, il en sait toutes les
supériorités et toutes les faiblesses, parce que
seul il sait tout ce qu'il a voulu et à quelle
distance il en est resté. Les jugements incom-
pétents de la critique, même la plus sympa-

thique d'intention, la froissaient, non par petite vanité d'auteur, mais découragement d'une nature nerveuse, avide de sympathie, qui veut sentir les cœurs battre au rythme du sien, qui souffre à s'expliquer et voudrait être comprise tout entière et sur l'instant. Quand Lewes avait présenté son premier essai, *Amos Barton*, à l'éditeur Blackwood, celui-ci, tout en l'acceptant avec éloge, avait proposé quelques corrections dans l'intrigue et les caractères : elle en avait été découragée et brisée, et n'avait repris cœur et confiance en son avenir que quand l'éditeur, informé de l'effet de ses critiques, avait consenti à publier la nouvelle sans altération aucune. Les seules lignes amères de la correspondance de George Eliot sont provoquées par la critique. Le réalisme saisissant d'*Adam Bede* avait provoqué des polémiques sans fin : non content d'identifier les localités et de reconnaître dans Dinah, la méthodiste, une tante de George Eliot, qui avait joué un certain rôle dans l'Église wesleyenne, Mrs Elizabeth Evans, on prétendait que quelques-uns des discours mis par George Eliot dans la bouche de son héroïne

avaient été recueillis par elle des lèvres même
de sa tante et textuellement notés au passage.
Deux pamphlets littéraires du temps qui
reproduisaient cette niaiserie sont exécutés en
deux lignes méprisantes :

« *Seth Bede* et *Adam Bede, junior*, sont des spé-
culations d'éditeurs malhonnêtes, toujours prêts
à s'attacher comme des sangsues à une renom-
mée populaire [1]. »

Lewes prit le parti de l'isoler de la critique,
d'intercepter au passage tous les échos déplai-
sants, et elle vécut désormais tranquille, ignorant les bruits du monde inférieur, seule avec
son art et en face de sa mission et de son
dieu :

« La récompense de l'artiste est bien loin
de tout ce qui est étroit et personnel : il n'y
a point de paix tant que cette leçon n'a pas
été apprise. Je continuerai à écrire d'après
mes inspirations intérieures, à écrire ce que
j'aime et ce que je crois, ce que je sens vrai
et bon, si seulement je puis le rendre digne-
ment ; et advienne du reste ce qu'il pourra

1. 5 décembre 1859.

*ainsi qu'il a été au commencement, qu'il est et qu'il sera toujours* [1], de ceux qui veulent produire un art destiné à toucher d'une façon durable les générations des hommes [2]. »

Ce qui fit du premier coup de George Eliot une révélatrice au milieu de la nuée des faiseurs et des faiseuses de romans, c'est que tous ses personnages avaient vécu en elle : elle les avait connus dès son enfance, elle les avait vus autour d'elle, les avait écoutés; elle n'inventait pas, — inventer est le fait des esprits faux et des imaginations malades, elle créait, c'est-à-dire qu'elle rendait ou donnait la vie à des choses qui avaient vécu ou auraient pu vivre. Pendant la première période de sa carrière littéraire, la plus brillante et la plus durable, elle ne vivra que du souvenir des émotions accumulées de son enfance et de sa première jeunesse. Le *Mill on the Floss*, *Silas Marner*,

1. Formule du *Prayer Book*.
2. 5 décembre 1859.
I shall go on writing from my inward promptings — writing what I love and believe — what I feel to be true and good, if I can only render it worthily — and then leave all the rest to take its chance : « As it was in the beginning, is now and ever shall be », with those who are to produce any art that will lastingly touch the generations of men.

et, quoique publié dans une période plus tardive, *Middlemarch*, tous ses chefs-d'œuvre
sont encore l'héritage de Griff et de Nuneaton ;
plus tard, viendront les études sur ses expériences plus récentes, sur un monde nouveau
et moins familier qu'elle a commencé à connaître à Londres, le monde politique, artistique, social, celui de *Felix Holt*, de *Romola*,
de *Daniel Deronda*, œuvres qui dureront moins,
bien que le génie du penseur et de l'écrivain
n'ait point baissé, parce qu'elles sortent d'études
et d'expériences raisonnées et non plus des
émotions vives et premières, des racines mêmes
de la vie, de la fibre intime du cœur. A
l'heure où nous sommes, elle est encore en
plein dans la première période, étudiant avi-
dement son monde nouveau, mais ne travaillant que sur l'ancien.

« Je désire voir davantage de la vie humaine : comment peut-on en voir assez durant
les courtes années que l'on a à rester dans ce
monde? Mais c'est dans mon passé le plus
lointain que mon esprit travaille à présent
avec la plus entière liberté et le sentiment
de poésie le plus vif, et il y a bien des

couches à exploiter avant que je puisse commencer à utiliser pour l'art les matériaux que je puis recueillir à présent [1]. »

C'est le moment où elle écrit les premiers chapitres du *Mill on the Floss*, où elle raconte les premières années de Tom et Maggie, de son frère et d'elle-même, ce frère aimé, perdu pour elle, quoique toujours vivant : les années passeront sans que la blessure cesse de saigner [2]. Lewes qui la voit pleurer en écrivant, se dit : « Émotion d'artiste ! » et écrit à la légère :

« Sur les ordres de Madame, qui est à se rougir les yeux et à noircir son papier sur les sottes peines de deux jeunes sottes personnes de sa connaissance imaginaire et par suite ne peut livrer à la correspondance les ressources de son esprit, je prends la plume et me charge de la partie sérieuse de cette lettre et lui laisserai un coin pour y mettre un peu de sentiment. »

Dans le coin laissé à Mrs Lewes, se trouve cette ligne tragique :

1. 11 août 1859.
2. 21 décembre 1869.

« J'ai pleuré jusqu'à la stupeur sur des visions de souffrance [1]. »

Le secret de toute sa puissance est là : son œuvre a vécu parce qu'elle y a mis le sang de son cœur.

Comme il arrive à tous ceux qui ont souffert et qui ont réfléchi leur souffrance, le travail où elle s'épanche amène bientôt l'apaisement et une sorte d'optimisme triste qui voit dans le mal passé une fleur de la vie comme les autres. Elle écrit à son amie qui venait d'être éprouvée cruellement :

« J'attends de vous que vous soyez une héroïne au meilleur sens du mot, maintenant que vous êtes plus heureuse après un temps de souffrance [2]. »

Ainsi d'elle-même. En 1868, revoyant Matlock et les campagnes où s'était écoulée son enfance, elle écrit avec une joie calme où il y de la tristesse :

« J'ai reconnu toutes les places que j'ai portées dans ma mémoire pendant plus de

1. 6 mars 1860. I have been crying myself almost into stupor over visions of sorrow.
2. 10 avril 1866.

vingt-cinq ans. Je suis allée en voiture avec
mon père dans ce pays, alors que je n'étais
encore qu'une petite fille, sans grande espérance sur son avenir de femme. Je suis une
de ces personnes, exceptionnelles peut-être,
dont les rêves d'enfants ont été beaucoup
moins heureux que ce que leur ont fourni les
réalités de la vie [1]. » D'une santé très faible,
comme son mari, et toujours inquiète pour
lui et pour elle-même, elle se sent pourtant
mieux de jour en jour sous la bénédiction du
travail.

« Nous avons été tous deux heureux comme
d'ordinaire, tour à tour mieux et pis, et pourtant de plus en plus heureux. Je termine un
livre qui a grandi lentement, comme un
enfant maladif [2], à cause de mes propres souffrances. Nous devenons des patriarches et
songeons à la vieillesse et à la mort comme à
des voyages pas bien éloignés. Toute connaissance, toute pensée, toute œuvre me semble
plus précieuse et plus pleine de plaisir que

1. 16 novembre 1868.
2. *Félix Holt*, roman politique et socialiste dans le style de la
seconde période.

jamais jusqu'ici dans ma vie. Mais aussitôt qu'on a trouvé la clef de la vie, elle ouvre les portes de la mort. La jeunesse n'a pas appris l'art de la vie, et nous allons gâchant la besogne tant, que notre expérience à la fin ne peut nous servir que pour bien peu de temps. C'est là *l'ordre extérieur* : il faut nous y soumettre [1]. »

On ne doit pas s'attendre à beaucoup d'incidents ni d'événements. Tout le drame de leur vie est intérieur et tout entier dans les œuvres qui s'accomplissent ou se rêvent. *La vie de Gœthe* va paraître et George corrige les épreuves de son *Aristote*, grosse affaire et qui occupe bien des mains : Clarke, de Cambridge, les revoit « pour les rassurer sur les accents », Huxley et Tyndall pour veiller aux hérésies scientifiques.

« Cependant George est assis dans une chambre confortable, jouissant du plaisir délicieux d'être débarrassé des orgues de Barbari et des cris de la rue et continuant ses études pour son *Histoire de la Science* ; je suis assise

1. 10 avril 1866.

dans une autre chambre, lisant à pleines
gorgées politique positive, Euripide, latin,
christianisme, etc., et restant dans une glorieuse ignorance de la littérature courante ;
telle est notre vie et vous comprenez que,
bien loin d'être malheureuse, je suis plutôt
un mauvais exemple et dis à mon âme :
« Mon âme, prenez-en à votre aise. » (4 décembre 1863.)

Ils donnent au monde un jour par semaine :
« Ils aiment trop leurs études et leur solitude à deux pour lui laisser prendre davantage [1] ». La société est d'ailleurs ce qu'elle est
partout, vide. « Vous connaissez toutes les
nouvelles publiques et privées, la maladie des
bestiaux, le bill de réforme, qui va se marier
et qui est mort. Je n'ai donc besoin de rien
vous dire. Vous trouverez le monde anglais
extrêmement semblable à ce qu'il était quand
vous l'avez quitté, la conversation plus ou
moins triviale et peu sincère, la littérature du
moment guère meilleure, la politique pire que
l'une et l'autre. Apportez un peu de sincérité

_____

1. 12 décembre 1868.

et d'énergie pour établir un courant d'air
pur. »

Aussi fréquentent-ils surtout les animaux du
Zoo [1], où ils prennent leur promenade :

« De nos autres connaissances, nous avons
vu dernièrement les N... et nous avons échangé
quelques visites avec eux. Les années les ont
un peu changés depuis nos dernières ren-
contres et je crois que ces signes de notre
mortalité ne m'ont rendue que plus heureuse
de leur serrer de nouveau la main [2]. »

L'année se passait moitié à Londres, moitié
à la campagne. A mesure qu'elle est plus
enchaînée à la ville, l'amour de la libre nature
où s'est écoulée son enfance et s'est formé son
génie, se réveille plus impérieux : la rue lui
donne le frisson. La moindre esquisse algé-
rienne de son amie, la moindre débauche qui
fait deviner des lointains avec des échappées
de ciel, lui donne la nostalgie [3] :

« Le large ciel, le *non-Londres* fait de moi une
créature nouvelle en une demi-heure. Je me

1. Les Zoological Gardens.
2. 11 mars 1861.
3. 9 avril 1861.

demande alors pourquoi je suis si agitée et si
ébranlée. Je rentre à Londres et l'air est de
nouveau plein de démons [1] ».

De temps en temps un voyage sur le continent, une fois en Italie, une autre fois en
Espagne. Sur la route d'Espagne ils s'arrêtent
à Paris dans le salon de madame Mohl, chez
qui ils rencontrent « les Schérer et autres
personnes intéressantes », et qui les retient
le dernier de l'an avec une promesse d'inviter
M. Renan, et leur procure ainsi une expérience
qu'ils sont bien aise d'avoir eue [2]. Elle parcourt l'Espagne de Saint-Sébastien à Séville,
recueillant des couleurs pour sa *Spanish Gipsy*,
saluant au passage la fameuse Pampelune
toujours aussi belle qu'il y a des siècles, au
milieu de ses grandes collines » ; parcourt
dans l'enchantement l'Aragon et son Écosse
espagnole, admire l'art mauresque en Anda-
lousie, mais reconnaît à la galerie de Madrid
et devant la cathédrale de Séville toute la
hauteur de l'Europe sur l'Orient.

En 1869 commencent les épreuves. L'aîné

1. 19 août 1863.
2. 18 mars 1864.

des trois enfants de Lewes, qu'elle avait adoptés et à qui elle servait de mère, meurt après une longue et douloureuse maladie [1].

« Nous commençons à revoir nos amis et extérieurement notre vie redevient ce qu'elle était; mais j'ai le sentiment profond d'un changement intérieur et d'une compagnie plus étroite et permanente avec la mort [2] ». Les voyages sont finis, elle voudrait ne plus changer de demeure : un seul *home* où rester jusqu'à ce que la mort l'enlève. Mais elle surmonte par la raison son penchant à la mélancolie.

« Je ne suis plus de ceux que Dante trouva sur la limite de l'enfer, parce qu'ils avaient été tristes sous la lumière bénie du soleil [3]. Je suis à présent d'uniformément bonne humeur, sentant tout le prix des instants où j'ai encore l'amour et la pensée [4] ».

En 1876, cependant, nouvel et dernier voyage

1. 29 mai 1869.
2. 25 novembre.
3. ............ *Tristi fummo.*
*Nell'aer dolce che dal sol s'allegra* (VII, 122.)
4. 16 juillet 1874.

vers l'Italie : la maladie l'arrête à Aix-les-Bains ; ils reviennent lentement par la Suisse et s'arrêtent dans le Schwarz-Wald, à Saint-Blasia, une *Luft Kur* :

« Toutes les collines vertes et des pins avec leurs cimes aussi tranquilles que si c'était le séjour des dieux. Mais imaginez quel plaisir d'être de nouveau à la maison, dans nos chaises à nous et entourés des figures familières qui n'attendent point la monnaie de leur sourire en pièces de vingt sous. Nous sommes tous deux assez bien, mais naturellement point guéris de toute infirmité. La mort est le seul médecin, l'ombre de sa vallée le seul voyage qui nous guérira de l'âge et de la fatigue amassés des années. Nous sommes tous néanmoins alertes et *spry* [1]. » La gloire mondaine vient la chercher de jour en jour, mais sans la tenter beaucoup ; elle prend trop sur le travail.

« Mercredi, écrit Lewes, j'ai été présenté au roi des Belges, sur sa demande, non sur la mienne, et nous avons eu une conversation

1. 6 septembre 1874.

8.

agréable en allemand, en français et en anglais, sur *la Vie de Gœthe*, sur l'Italie, sur la Belgique et ses relations avec l'Angleterre et sur l'anglais comme imprononçable aux étrangers. Il a six pieds deux pouces, n'est pas mal, a des manières aimables. Il a exprimé un désir tout particulier de faire la connaissance de Madonna ; mais cette sainte timide n'a pas voulu venir [1]. »

Le mois de mars 1877 est un mois de dissipation extraordinaire. Le vendredi saint, Tennyson est venu lire le *Northern Famer* ; le 15, dîner chez les Goschen, en compagnie de la princesse Louise, qui a demandé à être présentée à George Eliot ; de là on va à une soirée musicale et Bright conduit madame Lewes au buffet. Quelques jours après, la lecture de *Parsival* par Wagner ; aujourd'hui répétition pour la représentation du lendemain. Madame Wagner, la fille de la comtesse d'Agoult, les a charmés :

« Il y a longtemps, dit Lewes, qu'une pareille femme n'a paru à notre horizon. »

1. 6 juin 1876.

« Nous travaillons un peu trop dur à nous amuser à présent [1] », écrit avec remords George Eliot.

Mais l'amitié, les vieilles amitiés, sont la vraie société de son cœur. Son amie, qui passait ses hivers en Algérie et ses étés en Angleterre, était alors pour longtemps éloignée de Londres par la maladie, et elle sent un vide que nulle liaison nouvelle ne peut combler :

« Je manque tellement l'attente que j'avais de vous voir et de causer de tout avec vous, comme nous faisions autrefois, de cette façon qui ne se retrouvera jamais exactement avec nul autre. Combien le prolongement des souvenirs communs nous rend indiciblement chers nos vieux amis! Les nouveaux amis sont en comparaison comme des étrangers avec qui la conversation est limitée par notre ignorance mutuelle. L'un ne peut exprimer, l'autre ne peut deviner [2]. »

Mais l'instant approchait où le lien le plus cher de sa vie allait se briser : George Lewes mourait vers la fin de 1878. Elle vécut quelque

1. 15 mai 1877.
2. 15 octobre 1878.

temps dans une solitude absolue, seule avec
le souvenir de son compagnon et au milieu de
ses manuscrits inachevés qu'elle allait publier,
« créature meurtrie et que froisse la main la
plus tendre [1]. » Plus tard, elle fonde, au nom
de George Lewes, une bourse d'étudiant destinée à encourager des études originales de
physiologie :

« Ce sera comme un prolongement de sa vie.
Il y aura toujours par ce seul fait qu'il a vécu
un jeune homme travaillant dans le champ où
il aurait aimé travailler [2]. » Le temps et surtout la nécessité du travail, non volontaire-
mais imposé par la conscience et la force intérieure, rendaient peu à peu un restant de vie
possible :

« Nous pouvons vivre et être utiles sans
bonheur [3]. »

La vie devait se rouvrir pour elle un instant,
mais un instant seulement. L'avant-dernière
lettre est datée d'Italie et montre que la puissance d'observation et de réflexion philoso-

1. 7 janvier 1879.
2. 29 avril 1879.
3. 5 mars 1879.

phique est toujours aussi haute. Un philosophe de l'École historique lui envierait ces lignes, si profondes dans leur aisance :

« Nous nous sommes arrêtés à Milan, nous avons admiré les fresques de Luini et quelques autres grandes choses qui sont là. Les grandes choses sont toujours rares relativement, et il y a partout beaucoup d'objets que l'on aimerait être dispensé de revoir, une fois qu'il nous ont servi à comprendre le développement historique [1]. »

Cette lettre est l'avant-dernière du livre qui se referme pour toujours.

1. 5 mai 1880.
The great things are always by comparison few and there is much every where one would like to help seeing after it has once served to give one a notion of historical progression.

Après la vie de George Eliot, essayons de suivre dans ses lettres sa pensée philosophique, sociale, politique.

Sa pensée philosophique n'est pas toujours claire dans ses romans, au moins pour le lecteur superficiel, parce que sa puissance de sympathie pour tous les sentiments sincères semble parfois faire d'elle une convertie à des croyances qu'elle comprend jusqu'à les aimer, mais qu'elle n'accepte plus. Un critique contemporain, M. Kegan Paul, se demandait récemment encore s'il faut décidément ranger George Eliot parmi les infidèles. Sa pensée vraie cependant, elle l'avait exprimée avant d'avoir écrit un seul roman, dans ses essais de la *Revue de Westminster*, avec une netteté agressive et parfois cruelle qui ne laissait guère place au doute. Ses dénonciations de l'esprit anglican sont écrites avec la plume des *Provinciales*, et jamais ne s'est exprimé plus libre mépris des illusions et des pensées mondaines qui se masquent sous l'idéalisme *autre-mondain* [1].

Mais avec le temps, comme il arrive chez tous les esprits vraiment supérieurs, la révolte de la raison contre des croyances fausses, une fois l'indépendance personnelle conquise, laisse place à toutes les tolérances, toutes les pitiés, toutes les sympathies pour la foi consolatrice qui soutient, dirige, éclaire même le cœur, sinon l'intelligence de frères plus faibles. En cela, elle fut supérieure à Lewes qui, jusqu'au bout, conserva contre le christianisme l'attitude de l'ennemi, toujours l'arme à la main. Un jour, nous raconte-t-on, une jeune amie des Lewes contait un noble trait

1. *Worldliness and other Worldliness.*

d'abnégation d'une amie commune et demandait :

— Ne dirait-on pas un trait du Christ?

— Ne répétez jamais cela, s'écria Lewes de
son air le plus indigné; *lui*, le faire! Il aurait
dit aux autres de le faire[1]!

Au fond, sans doute, il y avait dans cette
boutade plus qu'une plaisanterie voltairienne :
c'était la condamnation humoristique de
l'esprit même du christianisme, la condamnation de l'esprit de foi par l'esprit d'action.
George Eliot dut sourire, mais sans approuver :

« Je vous en prie, écrit-elle à son amie,
ne me demandez plus de ne pas dépouiller un
homme de sa foi religieuse, comme si vous
me pensiez capable d'y songer... J'ai une
conviction trop profonde de l'efficacité qui est
en toute foi sincère et de la sécheresse morale
qui suit l'absence de foi pour avoir en moi
aucun esprit de propagande négative. En fait,
j'ai bien peu de sympathie pour le clan des
libres-penseurs et j'ai perdu tout intérêt à la
pure polémique antireligieuse. Je veux seule-

---

1. *He do it! He would have told others to do it.*

ment savoir, si possible, le sens durable qui réside dans toutes les doctrines religieuses, depuis le commencement jusqu'à présent [1]. »

Elle est de ceux que les libres-penseurs finiraient par dégoûter de la libre-pensée :

« Je suis terriblement effrayée de Mrs ... Elle m'a écrit pour me dire que certainement nous irons bien ensemble, n'étant ni l'une ni l'autre de ceux qui pensent avec les moutons de Panurge. Rien n'était mieux fait pour me faire augurer tout le contraire. Si parmi les mille attitudes de faire l'entendu, il en est une plus odieuse que les autres, c'est cet air de haute supériorité sur le vulgaire. Du reste, elle trouvera bien vite que je suis une femme bien banale [2]. »

Ce qu'elle cherche avant tout, c'est l'honnêteté de la pensée qui va au vrai, et ne se fait pas illusion à elle-même. Elle salue la naissance du darwinisme, non comme une découverte qui résout le problème du monde, ainsi que semblent l'imaginer certains darwinistes, mais parce qu'il pose bravement sur le terrain scien-

1. 26 novembre 1862.
2. 12 mai 1863.

9

tifique des faits, une question vitale jusque-là confinée dans les régions du raisonnement.

« Nous venons de lire le livre de Darwin sur *l'Origine des Espèces* : il fait époque, comme marquant sa pleine adhésion, après de longues années d'études, à la doctrine de l'évolution ; et ce n'est pas l'adhésion d'un anonyme, comme l'auteur des *Vestiges* [1], mais celle d'un naturaliste depuis longtemps célèbre. Le livre est mal écrit et les exemples font déplorablement défaut ; il en a rassemblé un grand nombre, mais les réserve pour un autre volume dont ce petit livre est l'avant-coureur. Cela l'empêchera de devenir populaire comme les *Vestiges*, mais il aura un grand effet dans le monde scientifique en amenant une discussion pleine et ouverte d'une question sur laquelle jusqu'ici on hésitait. Ainsi le monde, pas à pas, marche bravement vers l'honnête lumière [2]. Mais pour moi, la chaîne du darwi-

1. *Vestiges of the natural history of Creation*, ouvrage anonyme de Robert Chambers (3ᵉ édition, 1845). C'est le premier essai pour relier les sciences naturelles en une histoire de la création.

2. So the world gets on step by step towards brave clearness and honesty.

nisme et toutes les explications de la marche
par laquelle les choses se sont produites font une
bien faible impression sur moi comparées au
mystère qui reste sous cette marche même »
(5 décembre 1859).

Ainsi va-t-elle cherchant partout la réalité,
dans la croyance comme dans la vie et dans
l'art. La religion ne lui suffit plus, puisqu'elle
ne repose point sur une vérité évidente : mais
la religion a en elle le germe et le pressenti-
ment des vérités futures :

« *Que Dieu vous bénisse !* cela n'est pas un
mot faux, si fausses que soient les idées qui
ont pu se cacher au-dessous. De fausses idées,
non ! mais les idées d'un instant, chenilles et
chrysalides des idées de l'avenir » (15 février
1862).

Laissons la religion à qui elle suffit, mais
ne nous enchaînons pas à elle dès qu'elle est
devenue trop étroite pour nous.

« Quant aux formes de cérémonie, je
n'éprouve aucun regret à ce qu'on y aille chercher un soulagement, si l'on peut en trouver
là. Mais je crois à la réalisation de possibilités
plus hautes que n'en présente l'Église catho-

lique ni aucune autre et les forts sont tenus
de ne point accepter de formule que leur âme
entière, — leur intelligence aussi bien que leur
cœur, — ne puisse embrasser avec une révé-
rence entière. Le suprême appel et l'élection
suprême c'est de se passer du chloroforme et
de vivre le long de nos peines avec la conscience et le clair regard de la souffrance [1]. »

Le stoïcisme s'ente ainsi sur la science et la
vérité affronte mieux la souffrance qu'elle regarde en face :

« Miss A... m'a caché la maladie de la
pauvre E... — j'aurais mieux aimé en être in-
formée ; car, dans ce cas, comme dans tous
les autres, je pense que mieux vaut souffrir
avec les souffrance réelles que d'être heureux
en imagination d'un bien qui ne l'est pas.
J'aimerais mieux savoir que les êtres que

---

1. 26 décembre 1860.
But I have faith in the working out of higher possibilities
than the Catholic or any other church has presented, and
those who have strength to wait and endure are bound to
accept no formula which their whole souls, — their intellect as
well as their emotions — do not embrace with entire reve-
rence. The highest « calling and election » is to *do without
opium* and live through all our pain with conscious, clear-
eyed endurance.

j'aime sont dans le malheur et souffrent, même quand je ne puis les aider, que de les imaginer heureux quand ils ne le sont pas et de me rassurer sur la foi de cette fausse croyance. Aussi suis-je impatiente de toute ignorance et de toute cachoterie [1]. »

Son idée du monde est bien celle qui se dégage de tous ses livres : un pessimisme courageux et aimant, la vision sombre de Hartmann, adoucie par des rayons infinis de tendresse et de dévouement; le règne de la misère universelle, — ignorance, orgueil, souffrance, et, au-dessus de tout, les grandes fatalités naturelles, — combattu par l'effort désintéressé et aimant des grands, la force bienveillante des élus transformée en bénédiction pour la foule.

*The benignant strength of one, transformed.*
*To joy of many.....*

« Sans la bonté pure qui coule obscurément et sans bruit, on pencherait à croire que ce monde n'est que le monde du démon. »

1. 15 février 1862.

Il faut que les forts ou ceux qui sont un peu plus forts soutiennent les faibles et souffrent pour eux.

« Tout effort désintéressé est bon, non pour le bien qu'il produit, mais en lui-même et par lui-même. Bien des vaisseaux sont submergés dans des expéditions de découverte, bien des chargements précieux sont engloutis. Mais il y a eu ce bien d'armer et d'équiper le vaisseau pour un grand objet [1]. »

Le travail honnête et effectif est la loi idéale de la société. Rien de plus vulgaire que les idées courantes sur la valeur relative des fonctions et des emplois. C'est une des raisons pour lesquelles elle est partisan de l'éducation supérieure des femmes : il ne s'agit point de les armer pour une ambition plus haute, mais au contraire de leur faire comprendre une chose, que les hommes non plus ne comprennent pas, c'est que les formes les plus hautes du travail doivent être tenues pour sacrées, comme étant l'œuvre que quelques-uns seulement peuvent accomplir. Le véritable

1. 2 octobre 1876.

évangile, c'est que le pire déshonneur consiste
à faire mal aucune sorte de travail [1], à faire
la chose pour laquelle on est impropre. Les
femmes, plus instruites, reconnaîtront l'immense quantité de travail social ingrat dont
elles doivent se charger et qui, dans l'état présent, n'est pas fait ou est mal fait [2]. L'exemple personnel de George Eliot était mieux
fait, il est vrai, pour servir d'encouragement
aux ambitions féminines que d'exemple à ses
propres maximes. Aussi éprouve-t-elle un certain embarras à développer ses idées.

« Il y a bien des points de ce genre sur les-
quels il serait nécessaire d'appuyer, mais je
n'aime pas à être citée sur ce sujet. »

Mais elle ne cesse néanmoins de s'intéresser
à l'œuvre de l'instruction supérieure. Son nom
figura parmi les premières bienfaitrices de

---

1. George Eliot pratiquait sa maxime dans tout le détail
pratique de la vie : fermière accomplie à Griff, ménagère modèle jusqu'à la fin de sa vie, tout ce qu'elle faisait était fait à
la perfection ». Son écriture et sa prononciation était d'une
netteté rare, indice d'une pensée qui n'a elle-même et ne laisse
à autrui nul doute sur elle-même. La main et la voix ont
aussi leur honnêteté. On ne remarquait qu'en second lieu l'élé-
gance de l'écriture et l'harmonie de la voix.

2. 2 avril 1868.

Girton ; en 1878, elle annonce dans la même ligne triomphante la victoire du parti républicain en France et l'ouverture de l'Université de Londres aux femmes [1].

M. Dupin peut tonner contre « le luxe effréné des femmes » et la futilité de leurs goûts ; c'est prendre pour cause ce qui n'est qu'effet ou que signe :

« Tout travaille à pousser dans cette voie les aspirations maladives et non satisfaites de la femme, et je me sens presque coupable quand j'achète une robe ou un chapeau qui approche de la mode, si peu que ce soit. Je ne suis pas sûre qu'il ne faudrait pas se jeter dans quelque nouvelle espèce de quakerisme, en façon de réaction [2]. »

La misère intellectuelle des hautes classes ne lui fait pas oublier la misère matérielle d'en bas.

« Je viens de lire avec un intérêt profond et le cœur remué l'article sur les couturières enfants [3] dans l'*Englishwoman's Journal*... J'écris

1. 17 janvier 1878.
2. 9 avril 1861.
3. Un des scandales de l'industrie anglaise, auquel l'article cité contribua à mettre fin.

à la fin du jour, au bord du sommeil, trop fatiguée pour voir autre chose que la petite couturière endormie qui avait si fort piqué ses petits doigts [1]. »

La politique intérieure l'occupe peu : les élections conservatrices de 1874 la laissent parfaitement indifférente (2 février). La politique extérieure, qui met en action d'une façon plus visible et plus brutale les forces, les passions et les misères de l'humanité, occupe beaucoup plus de place dans sa correspondance. Le spectacle du monde vu par un penseur du Foreign Office est triste et peu à l'honneur de l'espèce humaine. A propos de cette guerre ridicule de journaux qui éclata après la guerre d'Italie entre la France et l'Angleterre et faillit aboutir à une guerre déclarée, — l'exemple de niaiserie internationale le plus colossal du siècle peut-être, — elle écrit :

« C'est une chose décourageante d'assister à cette réaction vers la barbarie. On aimerait à sentir sa vie portée sur la vague d'avant et

---

1. 17 septembre 1859.

I am writing at the end of the day, on the brink of sleep, too tired to think of anything but that picture of the little sleeping slip-worker who had pricked her tiny finger so.

9.

non sur celle d'arrière, sur le flux et non le reflux » (5 décembre 1859).

La guerre de 1870 fit une impression pro-fonde sur elle. Ses sympathies semblent avoir subi un revirement au courant de la guerre. Au début, elle est décidément allemande et prend le parti de l'Allemagne contre son amie dont les sympathies étaient toutes fran-çaises. Elle écrit le 25 août, après nos premiers désastres :

« Je suis bien affligée des souffrances de la France ; mais je pense que ces souffrances sont meilleures pour le bien moral du peuple français que ne l'aurait été la victoire. La guerre a été attirée sur lui par un gouverne-ment inique, mais une grande partie du peuple français nourrissait une glorification coupable d'égoïsme et d'orgueil... Il semblait que les Allemands ne dussent être aux mains des Français que des soldats-joujoux à abattre. Il est bien vrai qu'à certains égards cette guerre est le conflit de deux formes différentes de civilisation. Mais, quelque charme que puissent posséder les races du Sud, les races latines, il ne doit pas nous aveugler sur le large apport de toute sorte que les énergies allemandes ont fait au commun trésor de l'humanité. Et quel est l'être, ayant quelque esprit de justice, qui peut s'empêcher de sympathiser avec eux dans leur grande résistance au projet des Français de les envahir et de les partager ? Si j'étais Française, si fort que je pusse pleurer sur les souffrances de la France, je ne puis m'empêcher de croire que je détesterais le langage des Français à l'égard des *Prussiens*[1]. »

La guerre continue : l'Allemagne victorieuse prit à cœur de désabuser ses amis. Dans un billet du 10 octobre 1870, George Eliot jette ce cri :

« Oh ! cet adorable automne qui brille sur ces hideux canons qu'on traîne vers Paris ! Quels apprentis dans le mal c'était que les démons de Milton[2]. »

---

1. The war has been drawn on them by an iniquitous government, but in a great proportion of the French people there has been nourished a wicked glorification of selfish pride... Is I were a Frenchwoman, much as I might wail over French sufferings, I cannot help believing that I should detest the French talk about the « Prussiens ».

2. O what a lovely autumn is shining on those hideous guns which are being hauled along to Paris! What novices in wickedness were Milton's devils!

Après la guerre, elle suit avec angoisse l'autre guerre, cette guerre intérieure de sept années où va se décider l'avenir moral de la France. Elle écrit durant la période du coup de tête mac-mahonien :

« La partie la plus triste de notre vie est la lecture du *Times* sur les affaires de France » (27 novembre 1877).

Le triomphe de la liberté légale vient enfin, jeter un rayon dans le sombre horizon de l'Europe :

« C'est un soulagement, écrit-elle après la soumission du maréchal, au milieu de tant de signes décourageants en Europe, de voir que la France a si bien passé l'épreuve[1]. »

1. 17 janvier 1878.

IV

Le lecteur trouvera naturellement dans ces
lettres nombre de détails et de jugements sur
les grands hommes et les petites choses du
jour. La secte des antivivisectionnistes ne sera
peut-être pas édifiée de la façon dont Huxley
traite la campagne menée par un groupe de
dames trop bien intentionnées[1], qui renouve-
laient en faveur des vertébrés et des inverté-
brés la campagne des atrocités bulgares. Les
admirateurs du vainqueur d'Arabi Pacha seront
plus flattés du jugement de George Eliot sur
le vainqueur des Achantis :

1. 30 mars 1876.

« Chez sir James Paget, j'ai rencontré un homme bien fait, à l'air doux, au regard clair, et j'ai été fort intéressée de trouver en lui sir Garnet Wolseley : j'ai causé avec lui et notre conversation a confirmé l'idée que j'avais de lui comme un de ces hommes qui ont le pouvoir de commander à force de douceur dans le caractère, de calme dans le maintien et d'inflexibilité dans la résolution[1]. »

Les jugements littéraires sont plus rares qu'on n'aurait attendu : elle est grande amie de Lowell, en particulier de ses *Study Windows*; elle admire *l'Autobiographie* de Stuart Mill, mais en voudrait la fin différente ; va au théâtre après des années pour voir *les Cloches*[2] d'Erckmann-Chatrian ; trouve les *Koumiassine*, de Henry Gréville, un joli roman, mais ne goûte dans *les Épreuves de Raïssa* que l'habileté théâtrale. Sa grande admiration, c'est Molière, avec qui elle a des affinités bien plus réelles qu'avec Shakspeare à qui on l'a quelquefois comparée :

« C'est un plaisir de songer que vous êtes à

1. 30 mars 1876.
2. *Le Juif polonais.*

lire notre grand favori : pour l'instant, nous ne l'avons pas descendu de nos rayons, mais nous en causons comme souvent. C'est un plaisir pour moi de sentir que quelqu'un que j'aime est à lire mes auteurs favoris et à en jouir... Je crois que *le Misanthrope* est en son genre la production la plus belle et la plus complète au monde[1]. »

Je n'ai rien dit de la valeur de ces lettres comme œuvre littéraire. Je crois qu'elle seront un des joyaux de sa couronne. Elles n'ont rien, même les dernières, des défauts que l'on a reprochés au style de George Eliot, surtout dans sa dernière période : prédominance du style abstrait et philosophique, lourdeur de la phrase trop chargée et qui ne veut rien laisser échapper de tout ce qu'elle traîne d'idées avec elle. Tout coule de source et va droit au but. Parfois la négligence de la plume qui court bride abattue, et ne s'embarrasse pas de l'accord des métaphores; nulle part la recherche de l'effet et du *fine writing*. L'image jaillit à l'imprévu, au hasard du sentiment :

1. 5 décembre 1859.

« Notre chère Mrs S.... est abattue par la maladie et on lui ordonne le lit pour deux ou trois ans au moins. *Elle a l'air d'un ange blanc dans son petit lit*[1]. »

Mais le cœur en elle est inséparable du génie, et c'est parce qu'elle écrit par le cœur qu'elle est écrivain incomparable.

« Toute forme d'amour qui m'approche, dit-elle, me fait un bien indicible[2]. »

Il y a eu d'aussi grands réalistes qu'elle dans ce siècle, Thackeray, Balzac, Flaubert, mais nul n'a été un réaliste aussi complet, parce que nul n'a eu comme elle la puissance d'affection et de sympathie, n'a vécu comme elle le fond de l'âme humaine, jusqu'à sa fibre dernière et toute-puissante, celle qui fait vibrer l'homme à l'homme. Aucun d'entre eux, si tendre et capable d'affection personnelle qu'il fût, n'aurait pu écrire ces lignes à une amie :

« Je puis entrer dans ce que vous avez éprouvé pour E..., car une maladie sérieuse, une maladie qui semble rapprocher la mort, nous fait sentir si fortement notre fraternité

1. 16 novembre 1874.
2. 31 août 1859.

humaine que des personnes que nous étions près d'imaginer presque indifférentes nous touchent au plus vif du cœur. Je crois que, si par hasard, nous tenions dans un hôpital la main d'une malade au moment qu'elle expire, ses traits et tous les souvenirs qui s'y rattachent nous sembleraient plus profondément imprimés en nous que tout ce que nous savions de bien des vieux amis et bien des parents par le sang [1]. »

Cette même puissance de sympathie qui la fait aussi plus puissante comme artiste la fait aussi plus profonde comme moraliste. La morale scientifique des temps nouveaux rêve l'avènement de la paix sociale et le perfectionnement de l'être humain par les conquêtes de la science et de la raison : elle n'aboutira qu'à l'organisation de la guerre froide, parce que tous les enseignements de la science et de la raison ne font qu'armer pour la lutte de la vie, si la source vive de l'émotion ne jaillit au-dessous. Les horreurs de la guerre d'Amérique montrent où aboutit le progrès nu :

1. 15 février 1862.

« C'est une chose décourageante de voir la bassesse du niveau moral, la barbarie de sentiment, rendue plus hideuse encore par la prétention au progrès, qui se révèlent dans les actes et les écrits des Américains.

» La seule consolation, c'est qu'il y a là un exemple donné sur une formidable échelle qui prouve combien l'éducation de l'humanité a besoin d'être dominée par les affections et le sentiment avant tout ; c'est un exemple qui ne sera pas perdu pour les penseurs et mettra un frein à cette étroitesse et cette sécheresse de doctrine qui, chez quelques-uns, passe pour la forme unique de la libre pensée [1]. »

Telle est, dans ses grands traits, cette correspondance particulière, qui probablement peut donner une idée de ce que la correspondance de George Eliot est dans son ensemble. Elle n'est pas, croyons-nous, de nature à modifier le jugement unanime déjà porté sur l'œuvre et le caractère de George Eliot par l'instinct public : elle ne fera que le confirmer et le justifier. On y retrouvera, comme dans son

1. 15 février 1862.

œuvre, cette union, unique peut-être dans l'histoire de la littérature, de réflexion profonde et d'émotion intense ; d'une pensée ouverte à tous les enseignements de la philosophie moderne et aussi large que la science, et d'un cœur ouvert à toutes les sympathies humaines et sociales et aussi large que la destinée humaine. Il semble que le cœur de la femme, étant plus riche de dévouement et de tendresse, soit plus capable que celui de l'homme de supporter, sans se dessécher et s'éteindre, les tristes et redoutables privilèges de la réflexion et de l'analyse. *Non flere, non indignari, see intelligere*, est le dernier mot de Spinoza, et celui qui sort de tout George Eliot est : *Comprendre et aimer.*

## OLIVIER MADOX BROWN

Le nom de Madox Brown, illustré par un
peintre de génie, chef d'école, qui a renouvelé
l'atmosphère artistique de son pays, sembla
destiné un instant à revivre, sous les yeux
mêmes du maître, avec une auréole double. Le
fils de Madox Brown, Oliver, peintre par hérédité, poète par vocation, promettait à l'Angleterre un grand artiste et un grand écrivain. Ce
ne fut qu'un instant : tout cet avenir de gloire
s'éteignait à dix-neuf ans. Mais cet enfant avait
pourtant assez vécu pour laisser parmi ceux
qui l'avaient connu, même les plus grands,
une impression ineffaçable de force et de puis-

sance. Neuf ans après sa mort, il trouve encore des poètes pour le pleurer et le biographe d'Edgar Poe pour raconter sa vie.

Ce n'est pas un simple hasard de sympathie qui a dû attirer M. Ingram vers son jeune héros. Le nom d'Edgar Poe est le premier mot qui vient aux lèvres quand on lit les *Reliquiæ* d'Oliver. L'esprit d'Edgar Poe avait d'ailleurs déjà paru dans la famille : l'arrière-grand-père d'Oliver était le fameux médecin d'Édimbourg, John Brown, le précurseur de Broussais, qui avait cru découvrir le secret des forces vitales et trouver dans l'*excitabilité* le dernier mot de leurs luttes et de leurs harmonies, comme elle fut le premier et le dernier mot de sa destinée désordonnée et ardente. Le père d'Oliver, Madox Brown, le grand peintre idéaliste et épique, est le petit-fils du médecin mystique. Cette hérédité de l'imagination et de la force nerveuse est importante à noter dans le cas présent : elle explique comment Oliver a pu être à la fois précoce et original, tandis que la précocité, chez la plupart des enfants prodiges, tient avant tout à une puissance d'imitation et d'assimilation.

Oliver naquit à Londres en janvier 1855. La légende s'empare aisément de l'enfance des enfants précoces, surtout quand elle est dite par la douleur des parents. On raconte que le premier mot qu'Oliver essaya de prononcer, à neuf mois, était le mot *beautiful* (beau), à la vue de belles gravures qu'on lui montrait. A deux ans, ayant perdu un petit frère, sa sœur le trouva seul dans la *nursery*, pleurant et criant : « Arthur, ne te verrai-je plus? » Cette première rencontre de la mort le frappa pour toujours, et vers la fin de sa courte carrière il racontait que c'était le premier souvenir qui lui restât de son enfance. A quatre ans, un jour qu'un ami de la maison le faisait causer, il se mit à lui décrire un paysage de son père avec une fidélité si minutieuse et si claire que l'autre resta bouche béante, « aussi stupéfait que si le chat s'était mis à parler ». On a de lui un portrait fait par son père, qui le représente à l'âge de cinq ans *(the English Boy)* : les jouets qu'il a en main font ressortir d'une façon étonnante le sérieux et la profondeur de pensée qui déborde de ces grands yeux d'enfant.

Au collège, il se distingua par sa paresse, son intelligence et sa promptitude à trouver des réparties pour se tirer des mauvais pas. A douze ans, en 1867, il fit sa première aquarelle : *la Rencontre de Marguerite d'Anjou et des voleurs*. Le sujet avait été donné par son père ; la composition était enfantine, mais les physionomies étaient vivantes. A quatorze ans, il exposait à la Dudley Gallery un *Chiron recevant l'enfant Jason*, étudié d'après nature ; les connaisseurs étaient frappés de la vie et de la fougue qui rachetaient les défauts d'expérience et de science. Le cheval et la mer l'attiraient par leur éclat de mouvement et de force ; l'année qui suivit, il exposa deux tableaux dont ils étaient les deux héros : *Obstination*, un cheval qui résiste à son cavalier qui veut le pousser dans la mer ; *Exercice*, un Arabe qui dompte son cheval au pied des vagues qui se brisent. Il collaborait avec son père à l'illustration de Byron, dont il faisait le *Mazeppa*, une tempête vivante. Enfant, sa mère l'avait une fois ramené de Tynemouth à Londres par une tempête épouvantable : restant sur le pont balayé par les vagues, sous des torrents de pluie et d'éclairs, Oliver était demeuré à l'abri dans un rouleau de câbles, trop absorbé dans l'admiration pour ressentir de la frayeur. En 1871, il s'attaqua à la tempête même, à celle de Shakspeare : *Prospero et l'enfant Miranda, abandonnés sur le vaisseau pourri où ils doivent périr.* Il n'était peut-être pas encore pénétré de tout l'esprit de Shakspeare, car il jette sur les traits de Miranda une expression de terreur enfantine, au lieu du sourire céleste que le poète dépose sur les lèvres de l'enfant. En 1872, après avoir étudié sous un artiste français, M. Barthe, il exposait à la Société des artistes français de Bond Street son œuvre la plus parfaite : *Silas Marner* [1], *la petite Eppie dans ses bras, découvrant sur la neige le cadavre de la mère.* Les critiques reconnurent dans cette œuvre toute la puissance d'invention et de vérité dramatique du père, sans aucune imitation des procédés de style et de couleur. A dix-sept ans, il était déjà lui-même sur le domaine même de son père.

Bien qu'il dût vivre deux années encore,

1. George Eliot.

*Silas Marner* fut sa dernière œuvre artistique. Sa vocation littéraire s'était décidée et était devenue absorbante. Elle datait de loin. Il avait commencé à écrire des sonnets à treize ans, au grand étonnement de ses parents, qui ne se doutaient pas qu'il pût même savoir ce que c'était qu'un sonnet : il les détruisit, ennuyé de ce qu'on les montrait à des étrangers ; mais il en reste deux d'une originalité d'expression et de pensée étonnante. Tennyson n'a rien écrit de plus harmonieusement rêveur que ces vers adressés à une rêveuse :

> *Or art thou listening to the gondolier,*
>   *Whose song is dying o'er the waters wide,*
> *Trying the faintly-sounding tune to hear*
>   *Before it mixes with the rippling tide?*

« Ou bien écoutez-vous le gondolier, dont la chanson se meurt sur les larges eaux, essayant de saisir le son qui expire avant qu'il se mêle au remous des vagues ? »

Le héros de l'autre sonnet — un sonnet darwiniste — est le Caméléon, survivant sinistre des âges passés, avec ses yeux tristes et fatigués, semblable à quelque malheureux vieillard que Dieu éternise et qui a survécu à tous ses amis et à toutes les joies de sa vie. L'enfant qui, à treize ans, pouvait écrire ces vers et penser ces choses, était poète et penseur de race.

Ses études littéraires, à partir de 1870, étaient dirigées par un Français établi à Londres, M. Jules Andrieu, à présent consul à Jersey, lettré et homme de goût qui semble avoir exercé sur son élève une influence décisive. Dans le dur hiver de 1871-1872, Oliver s'enferma sans feu dans sa chambre et composa son premier roman, *le Cygne noir* (*the black Swan*). Il y a un roman français intitulé *Une haine à bord; le Cygne noir*, c'est une haine et un amour à bord. Un Anglais d'Australie, Gabriel Denver, a épousé, par raison plus que par amour, une femme riche, Dorothée, qui l'aime et qui lui est devenue indifférente. Ils reviennent en Europe sur *le Cygne noir*. Il aperçoit un instant, appuyée au seuil d'une cabine, les bras nus et les épaules légèrement couvertes, une jeune fille qui revient par le même vaisseau, et son sort est décidé. Il aime : sa femme est morte pour lui. Laura répond à son amour, et, un soir qu'elle le lui avoue, ils voient « une figure de femme émerger de la masse noire que le vaisseau projette sur le ciel lumineux et se détacher sur le clair de lune qui ruisselait des deux côtés ». C'est l'épouse outragée, dont le nom ne monte jamais à leurs lèvres, mais dont ils sentent à chaque instant la haine et la vengeance proches. Un soir qu'ils se sont donné rendez-vous, Dorothée vient avant l'heure à la place de Laura. Denver approche ses lèvres, la reconnaît et recule comme s'il avait mis le pied sur un serpent. Elle éclate, l'insulte, le défie de la jeter à la mer : il est près de répondre au défi par l'acte, quand une chanson d'amour qui s'approche, chantée par Laura, vient l'arrêter au bord du crime. Il songe avec horreur à ce qu'il a été prêt de faire quand éclatent les cris : *Au feu!* Le vaisseau est en flammes, à cinq journées du Cap. Tout périt, sauf un canot où trois êtres seulement ont trouvé place, le trio fatal. Dorothée, folle, boit l'eau de mer pour apaiser sa soif et meurt dans le délire, en avouant que c'est elle qui a mis le feu au vaisseau. Les deux amants sont donc délivrés, et l'un à l'autre, sur le gouffre. Quatre jours

plus tard, un vaisseau recueille les survivants.
Laura meurt d'épuisement et de fatigue. Le
soir, pendant que les marins préparent les
funérailles de la jeune fille, on voit au gouver-
nail se dresser « une silhouette noire, un homme
portant une femme morte dans les bras. La
tête et le cou de celle-ci retombent inertes en
arrière; ses longs cheveux, brillant au clair de
lune, flottent au vent; ses mains retombent,
pendantes. Cette vision se détacha un instant
sur le ciel; l'instant d'après, tout était fini. »

L'éditeur auquel Oliver présenta son roman
fut frappé de la puissance dramatique, mais
choqué de l'horreur et de l'immoralité de
l'œuvre. Il fallut atténuer et moraliser. Dorothée
n'est plus une épouse outragée, c'est une cou-
sine jalouse; tout finit bien : les deux amants
se marient, vivent heureux et ont beaucoup
d'enfants. Toute cette logique de la fatalité,
qui voile l'horreur en la nécessitant, cet enchaî-
nement et cette justice poétique, qui rappellent
un drame d'Eschyle, disparaissent pour faire
place à un vulgaire mélo-drame. Le Cygne noir,
aussi blanchi que possible, parut sous le titre
de Gabriel Denver et obtint un succès d'estime :

10.

l'idée centrale, d'où rayonnaient la vérité et la vie, était éteinte; mais toute l'habileté de l'éditeur n'avait pu supprimer ce qu'il y avait de passion et de verve et de psychologie précoce, ni effacer le décor grandiose de l'Océan, au sein duquel le jeune poète avait jeté les tempêtes de ses héros, et qu'il maniait encore d'une main de peintre. Les éditeurs des œuvres d'Oliver, MM. Rossetti et Hueffer, ses beaux-frères, ont rétabli ce roman dans sa forme première : c'était œuvre de goût autant que de piété.

*Gabriel Denver* est la seule œuvre littéraire qui ait paru du vivant d'Oliver, et c'est la seule qui soit terminée. Avant même qu'elle fût publiée, déjà plusieurs autres histoires, toutes restées inachevées, entremêlaient leur trame dans le métier toujours en mouvement de son imagination. La plupart sont inspirées par les souvenirs d'un séjour au Devonshire, où il avait passé quelques semaines en 1871, écoutant tout oreilles les légendes du pays, étudiant le dialecte de la campagne, aspirant l'âme mystérieuse du paysage et du peuple. De là sortit le roman inachevée de *Dwale Bluth* (Fleur de folie), qui, dans un cadre autre et dans une atmosphère moitié légendaire, moitié réelle, reproduit les orages de *Gabriel Denver*. L'héroïne, Helen Serpleton, appartient à la race des Tracy, dont l'ancêtre, le meurtrier de Thomas Becket, a transmis à ses descendants la malédiction dont le martyr mourant l'a frappé. Elle aime un poète aveugle, et ici le rôle de Dorothée est rempli par le mari, cru mort, qui reparaît pour les séparer et les briser ; elle meurt, et son amant aveugle vient sur sa tombe cueillir la belladone mystique dont les plants ont grandi avec Helen. Un intérêt douloureux s'attache, parmi les intimes, à ce récit étrange, car ils savent que ce poète aveugle n'est pas tout entier une imagination d'Oliver. Oliver l'avait connu et aimé, et il vit, encore jeune[1]. Frappé dans l'enfance du malheur de Milton, plus tard frappé au cœur plus cruellement encore, il avait trouvé un refuge dans la poésie et dans un idéalisme pessimiste : Oliver, fasciné par sa destinée, avait fait de lui le héros de sa légende, et, après neuf ans, il y a quelques semaines à peine, le poète

---

1. Il ne vit plus. Le poète Philip Burke Marston est mort il y a une dizaine d'années.

lui-même reprenait le roman inachevé de son ami et le complétait d'après son cœur [1].

La poésie traversait la prose. On trouva dans les papiers d'Oliver un fragment de poème dont voici quelques extraits :

« Dieu ! quelle âme cette femme avait !... Il n'est point d'idéal au ciel, là-haut, ni dans l'enfer, en bas, qu'une âme de femme ne puisse dépasser, auquel elle ne puisse s'élever ou se dégrader...

» Ses yeux étincelaient — deux étoiles sœurs, cueillies dans l'abîme de l'âme de Dieu la plus insondable... Ils s'allumaient et brillaient comme une flamme soufflée au vent, le jour où nous nous rencontrâmes. Ils illuminèrent l'âme de l'enfant, comme à présent ils brûlent, à en mourir, l'âme de l'homme.

» Oh ! amour, amour, dont les impulsions incompréhensibles charment en esclavage les nerfs les plus puissants de la terre, dont la main fait le ciel de celui-ci avec l'enfer de celui-là, dont les aspirations prennent d'assaut le ciel avec leurs hautes ambitions, jusqu'à ce

1. *Nightshade*, dans *Wind voices*. — Londres, 1883.

que Dieu en pave les plus sauvages profondeurs
de l'enfer ! Oh ! amour, amour ! comme mon
âme et la tienne battaient avec la sienne la
première fois que ce regard rencontra le mien !...

» Le silence devint si profond qu'à la fin
je pouvais entendre mon cœur palpiter comme
l'écho d'un pas. Une fois, une grive s'élança à
travers les broussailles avec des cris amoureux,
et, comme je remarquais son vol effaré, les
arbres vacillaient dans ma vue, tant qu'enfin
tout leur feuillage semblait tournoyer dans un
rêve.

» Combien de temps j'errai ainsi, perdant
l'âme en rêve, je ne sais. Un frémissement
soudain sous mes pieds brisa enfin ma rêverie
et je reculai sur l'instant. Allongée à travers
mon chemin, avec ses taches agiles et son dard
sifflant, une vipère rampait d'une pierre à
l'autre et disparut comme je l'observais. Oh !
mon Dieu ! si j'avais seulement su ce que
signifiait ce signe [1] ! »

La date de ces vers est inconnue. Est-ce une
fantaisie de poète enfant traitant un sujet de

---

1. *To all Eternity.*

poésie, ou un premier cri de la vie du cœur qui commence à saigner ? Peu importe. Qu'ils viennent de l'imagination ou du cœur, ces vers ne ressemblent à rien de la muse ordinaire de la jeunesse. L'invocation à l'amour rappelle les premiers vers de Musset ; mais l'on sent un abîme entre les deux enfants, comblé par toute la mélancolie du Nord et le solennel de sa vision intérieure : c'est un Musset qui a passé par devant le spectre d' « Ulalumé » et « la rive plutonienne de la Nuit ».

Le génie visionnaire allait gagnant. Des bizarreries qui avaient étonné ses parents et ses amis commencèrent à les inquiéter. Les déceptions littéraires avaient déjà commencé. L'éditeur du *Cornhill Magazine*, qui lui avait demandé son *Dwale Bluth* pour le publier et lui avait imposé un certain nombre de corrections auxquelles il s'était soumis, lui avait enfin retourné le manuscrit sans un mot d'excuse. Son caractère s'assombrit. Il continua cependant à travailler avec rage. Sa famille était partie à Margate, où il devait la rejoindre, quand il tomba malade, en septembre 1874. De sa chambre solitaire à Londres, il écrivait à son ami, le poète Marston : « Je suis au lit et lourdement frappé par le Seigneur, à qui... etc., etc. Pour l'instant, je dois me contenter du plaisir d'examiner en détail le plafond nouvellement blanchi sous lequel j'ai l'honneur de passer les nuits, et de dire mes prières, étant tout seul. Je ne suis pas blasphémateur au fond du cœur, bien au contraire ; mais je voudrais bien pouvoir disposer de la création pendant quelques instants. »

Il se rétablit et put rejoindre ses parents aux bords de la mer. Au retour, il s'alita de nouveau, cette fois pour toujours. Au bout d'une quinzaine, on reconnut qu'il était perdu : il se mourait d'un empoisonnement du sang. Il travaillait encore dictant à sa mère et à son beau-frère, l'éminent critique William Rossetti. Il avait rêvé de faire pour Londres ce que Balzac a fait pour Paris ; car « il n'était point de ceux que la foule oppresse plus que la solitude ; son oreille délicate pouvait y saisir une musique lointaine [1] ». Il dictait l'autobiographie d'un gamin des rues et revivait la

1. Marston, *A Lament*.

misère de l'enfant des basses classes avec une puissance de sympathie digne de Dickens :

« Comment nous autres enfants arrivions à vivre dans notre allée, grouillant comme nous faisions, Dieu seul le sait. Ce n'est pas chose fréquente que l'un de nous survive pour arriver à autre chose qu'à une imbécillité d'ivrogne rabougri. Mais les facultés s'aiguisent comme celles du rat : il n'y a pas la moindre chose capable de se manger, enfoncée dans les fentes du pavé ou écrasée sur le mur, pas un morceau de carotte, pas un bout de feuille de chou, qui puisse échapper à notre attention. Je me souviens que je m'asseyais souvent à regarder les pierrots sur le parapet, me demandant s'ils étaient aussi affamés que moi : je me convainquais que non et me sentais jaloux d'eux [1]. »

A mesure que la maladie ravageait le corps, le cerveau s'enflammait. Il avait jadis rêvé d'écrire l'histoire d'un malade dont la vie réelle, chassée par la fièvre, ferait place à une vie imaginaire dont les incidents se déve-

1. *The Last Story.*

loppent sous la logique de la folie et deviennent toute sa réalité.

« — Oh ! dit-il quelque part, si nous devions vivre nos rêves, quelles gens étranges nous ferions [1] ! »

Oliver était destiné à devenir le héros même du drame qu'il avait rêvé. Toutes les puissances d'imagination et de poésie qui allaient s'éteindre se rassemblant en une lumière merveilleuse et funèbre, son agonie fut un poème effrayant et sublime. Tous les incidents de sa maladie devenaient les phases d'un roman sinistre, investi de terreur et de poésie, et les roulements prolongés du vers blanc couraient sur ses lèvres agonisantes. La mort qu'il voyait certaine se transforma en condamnation judiciaire.

La *Révolution* de Carlyle, qu'il avait lue au commencement de sa maladie, réveillant le souvenir de la Commune de Paris, dont il avait suivi l'histoire autrefois avec un intérêt

---

1. *Oh if we had to live out our dreams, a strange lot we'd be for certain* (*The Yeth Hounds* ; légende de la chasse sauvage. L'héroïne, lady Barbara, essaye, en dormant, d'étrangler sa sœur, dont elle est jalouse).

11

passionné, il devenait une des victimes de
« l'année terrible ».

Il était accusé d'avoir mis le feu à une
église ; Carlyle, pour se sauver, l'avait accusé,
disait le *Times*. C'était une calomnie de la
presse ; car un cœur aussi haut que Carlyle
n'avait pu faire une chose si basse. Il avait
été mis en jugement, et, faute de preuves, le
gouvernement le condamnait d'autorité. Si
jeune, il allait être fusillé, et pourtant, si on
le laissait vivre, il allait être grand parmi les
plus grands. Mais il ne tremblerait pas devant
le peloton. Il serrait la main de son père,
disant :

— Courage, mon père ! Vous en aurez besoin
demain.

Le médecin lui assura qu'il ne serait pas
fusillé ; quand il se retira, Oliver dit :

— Je sais, il est allé demander ma grâce à
la reine.

Mais comment faire parvenir à la reine
l'anneau sauveur, l'anneau d'Essex ? — La
mort vint enfin fermer le drame funèbre et
le délivrer.

Dans les limbes du paradis poétique, les

ombres d'enfants qui flottent dans l'aurore de
la gloire ont rarement une physionomie nette
et tranchée. Leur auréole est faite de vagues
rayons d'avenir, et il est difficile de voir ce
qu'il y avait dans leur génie précoce d'assimilation rapide et d'originalité vraie. Oliver Madox
Brown est un de ceux où la personne éclate
le plus. Chatterton fut un prodige, mais d'habileté plus que d'invention : il était destiné à
être un écho plutôt qu'une voix. Oliver devait
être une voix ; ses regrets d'agonie disaient
vrai : il devait être grand parmi les grands,
car il avait les choses qui ne s'empruntent pas
et ne s'imitent pas : la puissance d'émotion
dramatique et l'intensité de la vision.

Enfant, à quatorze ans, hanté du rêve de
Clarence, il avait esquissé un tableau qui
représente deux hommes traversant un fleuve
et rencontrant un long défilé de spectres, les
spectres de ceux qui s'y sont noyés avant eux.
Lui non plus ne devait point toucher à l'autre
rive, la rive heureuse et glorieuse des grandes
œuvres réalisées ; mais son ombre resta du
moins au bord du fleuve, dans la mémoire des
hommes. Des chœurs de poètes pleurèrent sur

sa tombe et l'appelèrent maître, bien qu'il fût si jeune. « Oh ! ami et frère, s'il se pouvait que les âmes vivent après la mort, les grands élus assiégeraient les portails pour te saluer et dirigeraient tes pas errants [1]... »

1.　　*Calling him master, though he was so young...*
　　*Oh friend and brother, if this thing might be,*
　　　*That souls live after death, the great elect*
　　*Should throng the portals to give hail to thee;*
　　　*And they thy wandering footsteps would direct...*

MARSTON, *A Lament.*

# LES POÉSIES DE MARY ROBINSON

Ces poésies n'ont pas besoin d'une longue introduction. Elles parlent pour elles-mêmes, mieux que ne le ferait aucun commentaire, et laissent voir, même à travers le voile d'une traduction, ce qu'elles ont d'originalité unique et indéfinissable. La poésie idéaliste n'a rien produit, ni en Angleterre ni ailleurs, de plus pur, de plus pénétrant ni de plus profond.

L'auteur est idéaliste, c'est-à-dire que le monde, tel qu'il se réfléchit dans son imagination, n'est que le signe de l'âme, l'âme du poète même, ou une âme suprême. Tout le décor de la nature, tous ses trésors de forme,

de couleur et de son ; toute son imagerie, tout
son parfum, toute sa musique, ne sont que
l'expression, dans une langue étrangère, du
drame et de l'ode intérieurs, tour à tour vastes
et indéfinis comme l'univers et la destinée, ou
limités et personnels comme une destinée.

L'écueil de la poésie idéaliste est le mysticisme. Cette transfusion perpétuelle de l'âme
consciente dans la nature inerte, de la nature
mystérieuse dans l'âme ignorante, de l'âme
limitée dans l'âme illimitée, entraîne nécessairement un indéfini et un vague qui aboutissent
aisément au vide. Le caractère distinctif des
poésies dont il s'agit ici, ce qui leur fait une
place à part dans le groupe idéaliste, c'est
l'union étroite des deux dons le plus rarement
unis : la lucidité de la pensée dans l'intensité
du rêve.

C'est qu'ici l'âme du poète est doublée d'une
intelligence méditative et scientifique ; ou
plutôt poésie, pensée et science ne sont ici que
les formes multiples d'une même imagination,
infiniment sensible, profonde et sincère. L'auteur s'est fait connaître dans le domaine de
l'histoire politique, religieuse et littéraire par

des études, toutes faites de source et sur pièces, sous la vibration directe des choses. Ce que le document est pour l'historien, l'émotion personnelle l'est pour le poète. Aussi toute cette poésie sort de source, de l'émotion directe, non de la volonté et du système, des propos délibérés du poète poétisant : elle a le don suprême, que le siècle en décadence a perdu, la spontanéité : elle jaillit de la plénitude du cœur et de la pensée. De là la pureté classique de la composition : pas une ligne, pas un mot qui ne soit là sous l'appel d'un sentiment ou d'une idée. Point d'introduction oisive : l'émotion ou l'idée éclate dès le premier mot, dès le premier cri, et marche sans arrêt, sans retour en arrière, de pulsation en pulsation, jusqu'à la crise finale. L'émotion est trop vraie pour n'être point sobre, l'élan trop puissant pour n'être point direct. Chaque pièce est une plante vivante qui pousse d'un jet, de la racine à la fleur. Cette sûreté de composition était sans doute dans la nature même du génie de l'auteur, dans la franchise d'émotion et d'expression qui va droit à son but ; mais elle a été développée par une familiarité intime avec le génie de la Grèce et de l'Italie. Cette poésie profondément anglaise par l'intensité et le sérieux du sentiment, a toute la pureté et la clarté du soleil de Grèce, fleur du Nord épanouie sous les brises du Midi.

Des inspirations multiples s'y font sentir. Les premières notes ont l'accent de Rossetti et des Préraphaélites : le monde où elles sonnent est un monde plein de vieille légende, de musique, de lumière et d'amour, avec des saints et des anges en adoration. Mais déjà même dans cette œuvre, qui est presque une œuvre d'enfance, s'affirme la personnalité poétique de l'auteur et l'indépendance absolue de son imagination. Elle n'accueille du préraphaélisme que sa liberté de rêve et sa pureté de vision : rien de ses affectations, de ses obscurités, de sa manière ; l'idéalisme sans le mysticisme, l'auréole sans le nuage.

Plus tard vient le tour de la Grèce, de l'Italie, par instants de l'Orient même ; mais ni la Grèce, ni l'Italie, ni l'Orient n'asservissent l'imagination du poète, qui les transforme plus qu'elle n'en est transformée. Ils lui prêtent leurs couleurs, leurs souvenirs, leurs

visions d'idéal, pour exprimer, non leur âme
à eux, mais la sienne à elle : un défilé des
ombres dantesques vient murmurer l'évangile
du néo-stoïcisme ; d'une ligne perdue d'un
sophiste grec jaillit une épître d'Héloïse ; un
banal conte de fées de la Perse devient une
allégorie dramatique de la destinée humaine.
La pensée même des poètes d'autrefois, d'ordinaire si tyrannique sur les imaginations même
les plus fortes, est absorbée à son tour, n'est
plus qu'une matière de plus pour l'imagination
qui la recueille, un signe flexible comme le
soleil, la lune, les étoiles et toutes les autres
formes que l'univers visible fournit à l'âme
humaine.

Cette puissance de transformation et de
théophanie s'étend jusqu'au matériel même
du rythme ; les mètres artificiels et savants,
inventés par l'ingénieuse Italie, prennent un
accent et un sens nouveaux : la sextine, au
carillon monotone et oisif, qui pendant six
siècles n'a su que varier le madrigal et ramener
le compliment, devient le symbole solennel de
la pensée philosophique obsédée et bat le
refrain de la fatalité.

Ces poésies perdent nécessairement dans la traduction une partie de leur charme, celui du rythme. Autant l'idée est claire et l'expression simple, autant le rythme est savant et parfois raffiné : rien n'est laissé au hasard dans le choix des cadences, la rencontre des sons, la coloration des voyelles : l'harmonie cachée jette ses reflets obscurs sur la clarté de l'idée, comme dans la parole l'accent et le regard appuient d'un arrière-fond mystérieux l'expression de la pensée qui se livre.

Bien des notes diverses retentissent dans ce concert : dès les premières poésies on les entend déjà toutes : rêverie, passion, pitié, angoisse de la destinée. Peu à peu la note aiguë et souffrante s'accentue et devient dominante, mais sans rien perdre un instant de la grâce infinie de la première heure, et les larmes les plus amères ont encore la fraîcheur de la rosée d'aurore. Les deux derniers recueils, la *Nouvelle Arcadie* et le *Jardin italien*, sont comme un hymen de l'angoisse et de la beauté : dans l'une, toute l'horreur sociale — misère et vice — vue dans le milieu exquis de la campagne anglaise, dans ses larges prairies, la pourpre des bruyères, sous les jeux de la lumière humide ; dans l'autre, le sanglot d'un cœur brisé dans la douceur infinie d'un printemps d'Italie. Un pessimisme poignant court dans tout l'enchantement de cette poésie faite de musique et de rêve, et épanouit sa fleur de cyprès sur toutes les branches d'un « printemps magique » ; mais c'est un pessimisme étrange et bien différent de celui qu'on nous prêche ici ou en Allemagne ; car au lieu d'aboutir comme là-bas au déchaînement de l'égoïsme, ou comme chez nous au découragement et à l'inertie, il aboutit au credo du sacrifice et s'exhale en un cri de dévouement et d'amour : « oublie ta souffrance dans celle d'autrui. »

Mais par-dessus la souffrance personnelle, par-dessus la souffrance sociale, il est une misère plus vaste et sans palliatif, la misère universelle, le Weltschmerz ; la triple misère de l'âme en face de l'avenir, du présent et du passé ; retranchée de l'avenir, puisque le ciel est vide ; isolée dans le présent par l'incurable personnalité ; prisonnière du passé et des mille fatalités entrecroisées qui font d'elle le jouet inconscient des rêves éteints des ancêtres. Dans

ce siècle de poésie philosophique, nulle poésie
n'a creusé plus profondément dans la racine
morale de la souffrance ; mais la réflexion
abstraite, qui a glacé tant de poètes philosophes, est ici emportée dans un jet enflammé
de passion ardente et lucide.

La destinée, pourtant, est-elle absolument
sans espoir ? — Non, répond la science même
qui, la première, l'avait condamnée, et un
Darwinisme idéaliste, héritier inattendu de la
foi antique, jette soudain sur l'avenir de
l'humanité le rayon d'une espérance étrange.

# CELTICA

## I

On connaît les beaux travaux de M. d'Arbois de Jubainville sur la vieille littérature celtique. Chargé, il y a une douzaine d'années, de constituer l'enseignement des langues celtiques dans la chaire fondée au Collège de France sur l'initiative d'Henri Martin [1], il a, avec une patience et un esprit de suite infatigables, sillonné dans une direction féconde le vaste champ à demi inculte qu'il avait à défricher. Laissant de côté les débris gaulois du temps de César, trop

1. Il n'existait en France pour ces études qu'une conférence à l'École des Hautes Études, dirigée par un savant de haute valeur, M. Henri Gaidoz, le fondateur de la *Revue celtique*.

rares et d'une monotonie peu instructive, aussi bien que les dialectes modernes, — breton, gallois, écossais, — qui, par le fait même qu'ils sont modernes, sont déformés et corrompus, il a fait son domaine propre de l'irlandais. L'irlandais, en effet, a ce privilège d'avoir une histoire continue qui se peut suivre depuis les premiers siècles de notre ère jusqu'à nos jours, et il a conservé, dans une littérature d'une richesse infinie, le tableau le plus complet et le plus fidèle de l'ancienne civilisation des Celtes. La littérature irlandaise est donc la clef du monde celtique. Dans cette littérature même M. d'Arbois s'attache en particulier aux textes épiques et aux textes juridiques, parce qu'ils nous font toucher de plus près, ceux-ci à la réalité concrète de la vie sociale, ceux-là à l'âme, à l'imagination, aux instincts de la race.

On se rappelle le réquisitoire ardent lancé naguère par M. Lot contre la stérilité de l'enseignement supérieur en France et les réflexions attristées par lesquelles M. Gaston Paris, un des hommes qui font le plus honneur à la science française devant l'Europe, s'associa partiellement au verdict du jeune et vaillant lutteur. Une école, c'est-à-dire un groupe de disciples travaillant sous la direction du maître et collaborant avec lui, tel est le grand instrument du progrès scientifique : c'est l'instrument qui a fait la force de l'Allemagne savante, qui lui a permis de produire de ces œuvres que l'esprit d'un homme supérieur peut seul concevoir, mais que le seul travail d'un homme est impuissant à réaliser. La France dans la plupart des branches a des maîtres qui valent ceux de l'Allemagne : dans très peu d'entre elles elle a des écoles. On connaît l'école d'égyptologues, si nombreuse et si féconde, dirigée avec un rare succès par M. Maspero. M. Paris lui-même, malgré son pessimisme, a formé des disciples français qui sont devenus des maîtres. Ce nouveau livre de M. d'Arbois prouve que nous avons une école celtique. L'*Épopée celtique en Irlande* est sortie du cours de M. d'Arbois de Jubainville au Collège de France et de la collaboration du maître et de ses élèves.

M. d'Arbois dans ses livres antérieurs [1] avait

---

1. L'*Essai d'un catalogue de la littérature épique de l'Irlande* et les deux premiers volumes du *Cours de littérature cel-*

dressé le catalogue de la littérature épique de
l'Irlande; puis il avait dégagé les caractères
et en avait marqué l'importance historique et
littéraire; il nous avait appris à distinguer le
cycle d'Ulster, formé dans l'Irlande du nord
autour du roi Conchobar ou Conor; le cycle
de Leinster, formé dans l'Irlande de l'est
autour d'Ossin, l'Ossian des modernes; enfin
le cycle mythologique, formé dans la terre, la
mer et les cieux autour des créations de la
fantaisie religieuse. Il avait montré comment
les deux cycles épiques du nord et de l'est,
barbares, féroces et grossiers, artificiellement
combinés et transformés, mutilés et para-
phrasés, déprimés et idéalisés par le rhéteur
écossais Mac Pherson, avaient au siècle dernier
abouti à ces pâles et vagues poèmes d'Ossian,
qui parurent une révélation de la nature aux
premiers romantiques, firent délirer toute une
génération et inspirèrent Napoléon, Gœthe,

tique, t. I, *Introduction à l'étude de la littérature celtique*; t. II,
*le Cycle mythologique irlandais et la Mythologie celtique.* Les
volumes III et IV sont d'un élève de M. d'Arbois, M. J. Loth,
aujourd'hui professeur à la Faculté de Rennes; ils contiennent
la traduction du vieux recueil de contes gallois, les *Mabino-
gion,* une des sources ou du moins un des courants parallèles
du cycle de la Table Ronde.

Lamartine... et Baour-Lormian. « Ossian a supplanté Homère dans mon cœur, » dira Werther.

M. d'Arbois et ses collaborateurs, MM. Dottin, Duvau, Ferdinand Grammont, donnent dans le présent volume de nombreux spécimens de ces diverses épopées, qui dorment encore dans la poussière des bibliothèques. Malgré leur valeur inférieure, — car Ossian, hélas! est bien loin de celui qu'il supplante, — ces poèmes méritent d'être étudiés, non seulement pour eux-mêmes et comme témoins historiques d'un monde disparu, mais pour l'action indirecte et latente qu'ils ont exercée pendant près d'un demi-siècle sur l'imagination de la littérature de toute l'Europe. Pour deux des épisodes traduits, la mort de Derdrin et la mort de Cûchulain, le traducteur donne à côté de la version originale la version de Mac Pherson, et l'on ne sait qu'admirer le plus, de l'audace avec laquelle l'Écossais a noyé la vieille légende brutale et sauvage dans une nuée d'exclamations vaporeuses, ou de la bonne foi naïve avec laquelle le romantisme a cru entendre dans ces extases truquées et ces décla-

mations fades, qui ne supportent plus la lecture, le cri même de la nature. Il y a là de
quoi faire réfléchir les critiques de l'absolu et
donner raison à la critique subjective, si fort
à la mode aujourd'hui, et qui, demain, passera
de mode, elle aussi, comme il est juste.

Mais, à entrer dans le détail, il y aurait
trop à dire sur ce livre, qui d'ailleurs, par
son sujet, se recommande suffisamment au
public assez large qui s'intéresse aux destinées
mobiles et fragiles des choses de l'imagination
populaire. Je voudrais dire un mot d'un autre
livre de M. d'Arbois, d'un aspect plus sévère
et d'un intérêt plus technique et qui appartient à un champ d'études différent en apparence seulement.

II

En voyageant en Irlande, M. d'Arbois a été
amené tout naturellement, par le spectacle du
présent, à s'occuper de la question agraire et
à se demander quel était le régime ancien de
cette propriété en Gaule ; puis quelle avait été
l'évolution de cette propriété en France. Les
conclusions auxquelles cette étude le conduit
sont d'une nouveauté et d'une audace tranquille qui étonnent et dominent, qui auraient
fait frémir les celtomanes d'autrefois, et qui,
avec l'impassibilité souveraine de l'histoire,
marchent, sans s'en embarrasser, à travers
les préjugés contraire des économistes et des

socialistes. Le pays appelé Gaule aujourd'hui était, quelques siècles avant l'ère chrétienne, habité par des populations que les Grecs appelaient Ibères et Ligures. Vers le v⁰ siècle avant notre ère ce pays fut envahi et conquis par les Gaulois. On ne connaît les anciens habitants que par leurs tombes et les débris qui y sont enfouis, et peut-être aussi par d'autres monuments « qui sont moins loin de nous et dont l'étude est moins funèbre : c'est nous-mêmes ; car nous sommes, pour la plupart, les descendants des peuples oubliés dont les Gaulois, nos aïeux supposés, ont triomphé et qu'ils ont asservis avant d'être eux-mêmes conquis par les Romains. La masse des Français descend de cette plèbe vaincue, que l'orgueil gaulois, au temps de César, traitait à peu près comme les Romains traitaient leurs esclaves : *pene servorum habetur loco.* »

La conquête, dans le droit public moderne, ne confère au vainqueur que la *souveraineté* sur le sol, non la *propriété* du sol qui reste aux mains des possesseurs présents : elle ne lui confère, et encore partiellement, que la propriété mobilière du vaincu (sous forme de réquisition et d'indemnité de guerre qui sont le rachat du pillage). Les Gaulois devinrent donc propriétaires du sol ibère et ligure. Or les Gaulois ne connaissaient pas la propriété individuelle ; la terre appartenait à la tribu. Mais en fait et par la nature des choses la *jouissance* de la terre appartenait nécessairement aux riches, c'est-à-dire à ceux qui avaient une propriété mobilière considérable, — soit par butin, soit par héritage, — en bœufs, en chevaux, en esclaves : car seuls ils pouvaient supporter les frais de l'exploitation du sol, loger et nourrir gens et bêtes jusqu'à la récolte. La propriété collective de la tribu tendait donc à devenir en fait la propriété individuelle de quelques-uns.

La conquête romaine rendit cette mutation définitive. César avait frappé la Gaule d'un impôt de répartition (*tributum* ou *stipendium*) payé par la tribu, par la cité, qui se procurait les fonds comme elle l'entendait. Auguste, en l'an 27 avant notre ère, substitua au tribut le *cens*, c'est-à-dire l'impôt personnel. Par là les particuliers, détenteurs du sol, furent substitués à la cité comme possesseurs légaux des parcelles territoriales qui se trouvaient en leurs mains et furent considérés comme investis d'une sorte de propriété aux lieu et place de la tribu ou de la cité.

La Gaule fut divisée pour l'impôt en une soixantaine de circonscriptions financières, de *cités* comme on dirait, la *cité* répondant à peu près à notre département. Le sol de la cité se divisait en cantons ou *pagi ;* le *pagus* se divisait en *fundi*. Le *fundus* est l'origine de nos communes.

Nous connaissons les noms d'un grand nombre de ces *fundi*, les uns par les chartes du moyen âge, les autres par le nom des communes modernes qui continuent ces *fundi*. Ce n'est pas que chacune de nos trente-six mille communes représentent un *fundus* gallo-romain, car une très grande quantité de nos communes sont de formation récente ; mais nous connaissons plusieurs milliers de *fundi* dont le nom se laisse reconnaître sans peine, à travers les altérations régulières de la phonétique, dans le nom de la commune moderne qui occupe le même emplacement. Or, l'immense majorité de ces noms sont formés

de noms d'hommes : *Juliacus*, c'est le *fundus*
de Julius ; *Severiacus*, le *fundus* de Severius ;
*Romiliacus*, le *fundus* de Romulius, etc., etc.
C'est-à-dire que les quatre communes de
*Juillac* (dans la Charente, la Corrèze, le Gers,
la Gironde) ; les trois *Juillé*, les trois *Jully*, les
deux *Juilly* et *Jullié* tiennent chacune leur
nom d'un certain *Julius* dont ils étaient la propriété ; les *Civray*, les *Civrac*, les *Civrieux*, les
*Sivry* ; les *Sevrai*, *Sevrey*, *Sévry*, *Severac*, tiennent leur nom chacun d'un certain *Severius* ;
un certain *Romulius* a possédé et nommé les
*Romillé*, les *Romilly*, les *Rumilly*, les *Remilly*.
On remarque ici deux choses : l'une, c'est
la fréquente réapparition du même nom
de *fundus*, ou plutôt du même nom de
propriétaire à toutes les extrémités du sol
gaulois ; et l'autre, que la plupart de ces
noms de propriétaires sont des *gentilices*
(le *gentilice* est le nom qui indique la *gens* —
la grande famille ou le clan, — à laquelle un
homme appartient).

Ces deux faits trouvent leur explication
commune dans un troisième fait : à savoir,
que les grands propriétaires gaulois, rapi-

dement romanisés, abandonnèrent leur nom national pour des noms romains ; et ils choisirent en général les noms des grandes familles patriciennes qui les avaient admis dans leur clientèle ou des empereurs qui leur avaient octroyé le droit de la cité romaine. M. d'Arbois ne nous dit pas si les gentilices cachés sous les noms de communes appartenaient tous à des Gaulois romanisés et si Rome n'avait pas exercé en Gaule même, au profit de vétérans romains, le droit de spoliation foncière conféré par la victoire. Mais il semble établi que Rome usa avec modération de son triomphe et inaugura envers la Gaule vaincue le principe moderne qui distingue la souveraineté de la propriété. Quelle que soit d'ailleurs la proportion entre le nombre des propriétaires gaulois et des propriétaires romains, un fait reste constant, c'est qu'à l'inverse du système féodal et romain où l'homme se nomme d'après la terre, dans le système organisé en Gaule par la conquête et l'administration romaine, la terre se nomma d'après l'homme, et si nous avions les noms anciens de toutes les vieilles communes de France, nous y retrouverions l'annuaire de la noblesse territoriale gallo-romaine.

Il est probable que c'est la grande révolution financière opérée par Auguste qui, en conférant aux nobles la propriété de la tribu, les rallia à Rome, et de la caste qui avait opposé à César la résistance la plus ardente et la plus redoutable, fit le partisan convaincu de la domination romaine. C'est une révolution analogue qui a créé, il y a deux siècles, mais avec des résultats bien différents, la question agraire en Irlande. Si les soldats de Cromwell s'étaient contentés d'exterminer les chefs de clan irlandais et de prendre leur place, les vieilles rancunes nationales seraient depuis longtemps oubliées. Car s'ils avaient pris purement et simplement la place des chefs irlandais, la terre restait comme par le passé la propriété collective de la tribu, du comté, du bourg : les *possessions* individuelles qui s'étaient formées naturellement au cours des temps au bénéfice du cultivateur exploitant la terre commune au profit du riche qui le paie, auraient subsisté sans trouble et auraient sans doute abouti sans effort, comme chez nous en

12

1789, à constituer la *propriété* individuelle :
car la Révolution de 89 est un fait éminem-
ment conservateur et n'a fait, dans ses grands
traits, que régulariser et dénommer un régime
créé par une lente évolution et infiniment
différent du régime féodal. L'erreur inexpiée
et peut-être inexpiable des gens de Cromwell
fut de substituer la propriété individuelle du
chef de tribu, dont ils prenaient la place, à la
propriété collective de la tribu : le fermier fut
par là déraciné du sol dont il faisait partie.
Ce n'était plus la spoliation de quelques
nobles, c'était la spoliation de tout un peuple.

Aussi quand, à tort et à travers, l'on parle
de socialisme à propos des mesures réparatrices
du gouvernement anglais, on est la dupe des
mots, faute de connaître l'origine de la
crise.

« Rien n'est ridicule, dit M. d'Arbois, comme
les observations des publicistes français qui
vont se promener en Irlande. Là, il y a deux
siècles, par une révolution opposée à la nôtre,
le *domaine éminent*, quoique de date récente, a
absorbé le *domaine utile*, dont l'origine se perdait dans la nuit des temps, et la généreuse

équité du gouvernement anglais d'aujourd'hui cherche à rétablir le domaine utile au profit du tenancier spolié. Le voyageur français n'y comprend rien et croit assister à la réalisation des théories à priori émises par les socialistes du continent. Il s'agit de donner à toute une nation une réparation analogue à celle qu'en France obtinrent, il y a un demi-siècle, quelques milliers de vaincus, et qu'on appelle « l'indemnité des émigrés ».

On voit, par cette courte analyse, tout ce que ce livre contient de neuf, de libre, d'originalité hardie. Parfois peut-être l'induction scientifique prend-elle trop des allures de déduction à priori. Parce que toute la cavalerie que Vercingétorix réunit dans la lutte suprême s'élève à quinze mille hommes, suit-il de là bien sûrement que la caste conquérante, la caste gauloise, montait à soixante mille âmes?

Nous sommes loin des faits, nous avons trop peu de données pour conclure si vite, et c'est là une base fragile pour dresser le recensement des castes il y a dix-neuf siècles. Mais jusque dans ses excès il y a plaisir à suivre la marche d'un des plus nobles, des plus modestes et des plus puissants chercheurs de la science française ; esprit lent, patient, profond et qui va jusqu'au bout de sa pensée.

# LA LITTÉRATURE IRLANDAISE

## ET OSSIAN

La France, le pays gaulois, était le berceau naturel des études celtiques : elles y furent tuées sous le ridicule par les celtomanes. Le celtomane était le patriote qui tient pour article de foi que le bas-breton est la langue primitive. Le public, superficiel et routinier de nature, et trop paresseux d'esprit pour distinguer la science des savants, engloba les études celtiques dans la même condamnation que les celtomanes. Le résultat fut que le jour où la création de la grammaire comparée renouvela les études lingustiques et l'histoire des vieilles littératures, la constitution de la

12.

branche celtique se fit non en France, mais en Allemagne. C'est auprès d'un Bavarois, Zeuss, que les peuples de la langue celtique vinrent apprendre leurs origines : Ζευς πρῶτος γενετο, « Zeus fut le premier », disent avec Orphée ses disciples du continent et de l'Angleterre.

La *Grammatica celtica* de Zeuss parut en 1853, mais passa à peu près inconnue en France. Les études celtiques reprenaient cependant, mais par un seul côté, l'archéologie. On recueillait et on étudiait les monuments, les monnaies et les inscriptions de l'époque gauloise et gallo-romaine ; on rassemblait les textes classiques, relatifs aux antiquités nationales : on connaît les beaux travaux faits dans ce sens par MM. de Saulcy, de Barthélemy, de Belloguet, et qui se continuent encore à présent avec MM. Bertrand, Mowat et d'autres. Mais les enseignements de l'archéologie, si précis qu'ils soient, sont nécessairement limités : *clamabunt lapides*, dit l'archéologue ; mais le cri de ses pierres, même quand il est clair, n'est qu'un cri, et ce n'est pas avec cela qu'on écrit l'histoire continue d'un peuple. Les milliers d'inscriptions des deux *Corpus* et toutes les ruines de Rome et d'Athènes ne permettraient pas à l'historien de se passer de Thucydide et de Tite-Live : que serait-ce s'il n'avait que les maigres monuments laissés au celtologue ?

M. de la Villemarqué, le premier, remonta aux textes : il aurait pu par là, s'il avait voulu, établir les études celtiques en France sur une base large et solide ; par malheur, il mêla trop l'art à la science et ne sut pas se résigner à n'être qu'un érudit. Ce n'est que dans les quinze dernières années que la science se constitua. Les deux hommes qui y ont le plus contribué sont M. Gaidoz et M. d'Arbois de Jubainville. La *Revue celtique*, fondée par M. Gaidoz en 1870, conquit bientôt une autorité internationale et devint un lieu de rendez-vous pour les savants celtologues de toute l'Europe : un peu plus tard, à l'Ecole des Hautes Études, le même savant inaugurait le premier cours de celtique qui ait été professé en France. Il y a quatre ans, grâce à l'initiative patriotique de Henri Martin, ces études si nationales, prenaient enfin place au Collège de France avec M. d'Arbois de Jubainville.

M. Gaidoz a surtout contribué au progrès

des études celtiques par la création de sa *Revue*, par sa critique sévère, ennemie de l'hypothèse ; M. d'Arbois par ses travaux originaux dans des régions inexplorées et par la masse des renseignements nouveaux qu'il a mis à la portée du public. Les deux premières années de son cours ont déjà donné naissance à deux ouvrages considérables, aussi intéressants par la nouveauté des faits que des conclusions. Je voudrais, avec leur secours, donner une idée de la question celtique.

I

Peu de peuples ont plus marché par le
monde que les Celtes : c'était le peuple coloni-
sateur par excellence. Venus probablement de
l'Asie, comme les autres Aryens d'Europe, ils
ont peuplé la Gaule et les Iles-Britanniques.
essaimé en Espagne, dans l'Italie du Nord,
dans l'Allemagne du Sud, au nord du Danube
et jusque sur les plateaux de l'Asie-Mineure.

Ils restent debout devant Alexandre, font
trembler l'Europe, menacent d'étouffer Rome
dans l'œuf ; puis, partout, ils reculent peu à
peu devant la fortune romaine : les descendants
de Brennus revêtent la toge ; trois siècles après

Vercingétorix, les Gaulois ont oublié leur langue et affublent de noms latins jusqu'à leurs dieux. Rome et sa langue passent même la Manche, et les Iles-Britanniques, dernier asile de la race bretonne, faillirent devenir latines à leur tour. Elles devinrent germaniques et saxonnes, mais non tout entières, et la tradition celtique se maintint en Irlande, dans le pays de Galles et dans le nord de l'Écosse. A présent les idiomes celtiques, qui autrefois retentissaient de l'Irlande à la mer Noire, ne sont plus parlés que par trois millions d'hommes à peine, dans les trois pays que nous venons de citer, et dans notre Bretagne, où l'apportèrent au commencement du moyen âge les Bretons d'Angleterre, fuyant devant l'invasion saxonne.

Les idiomes celtiques encore vivants se divisent en deux familles : la famille bretonne et la famille gaélique ; à la première appartiennent les dialectes du pays de Galles et de la Bretagne ; à la seconde, ceux de l'Irlande et de l'Écosse celtique. Cette division, imposée par l'analyse, est confirmée par l'histoire ; on sait à présent que nos Bretons viennent du pays de Galles et que les Celtes d'Écosse sont venus de l'Irlande. Autrement dit, les deux familles d'idiomes, aujourd'hui réparties sur les trois terres celtiques, dérivent de deux dialectes qui étaient, l'un celui de l'Irlande, l'autre celui de la Grande-Bretagne. Les débris de la langue autrefois parlée en Gaule sont trop rares et trop peu concluants pour décider à quelle famille appartenait le gaulois. Il est probable qu'il formait un troisième groupe distinct, mais plus proche du groupe breton.

Quand l'on étudie un groupe de langues, la plus importante, celle qui fournit la clef des autres, est en général la plus ancienne, c'est-à-dire celle dont les textes remontent à l'époque la plus lointaine : car il est probable qu'elle a le mieux conservé les formes primitives, usées ou transformées dans les idiomes qui ont plus vécu. C'est ce qui fait par exemple l'importance du sanscrit védique parmi les langues indo-européennes. Les inscriptions gauloises, si elles étaient plus nombreuses, donneraient le sanscrit des langues celtiques : ce sont les titres les plus anciens de la famille, ils remontent jusqu'au premier siècle de notre ère, quelques-uns plus haut encore, et la langue s'y présente dans un état de pureté égal à celui du grec. Mais la Gaule étant presque muette, c'est à l'Irlande qu'appartient la parole, et ici se place la grande révélation que les dernières études celtiques nous ont apportée : elles ont remis en lumière un fait méconnu ou plutôt oublié, car le moyen âge le connaissait bien : c'est que l'Irlande a possédé une littérature aussi riche et aussi vaste qu'aucun autre peuple civilisé ; c'est qu'elle a été pendant des siècles la lumière de la chrétienté et qu'elle a eu des aèdes sans nombre et des épopées à l'heure où toute civilisation s'éteignait en Europe. Cette littérature, presque tout entière inédite, est contenue dans des milliers de manuscrits qui dorment encore dans les bibliothèques d'Irlande. Le seul catalogue de ceux de ces manuscrits qui se rapportent à la littérature épique, récemment dressé par M. d'Arbois de Jubainville, remplit tout un volume sans épuiser la matière. Cette littérature nous intéresse avant tout par les parties anciennes, parce que ce sont celles qui nous représentent le mieux ce qu'étaient les anciens Celtes.

La période de création s'arrête au VII° siècle de notre ère, époque où le christianisme
est définitivement triomphant et où l'on commença à recueillir, à systématiser, à codifier
pour ainsi dire la littérature épique des siècles
précédents. C'est l'œuvre de scribes chrétiens
qui naturellement se font un devoir de chris-
tianiser leurs vieux héros : mais le fonds primitif perce avec une transparence parfaite sous
ce voile peu épais : les derniers rédacteurs ne
sont pas exigeants : dès qu'ils ont fait entrer
les aventures de leurs héros dans le cadre
d'une chronologie fantastiquement biblique,
dès qu'ils les ont rattachés à Scota, fille de
Pharaon, à Fêné, arrière-petit-fils de Japhet,
tous leurs scrupules sont satisfaits et leurs
païens peuvent faire les païens à cœur joie.
Le clergé irlandais, bien différent du clergé
grec ou romain, se montra à l'égard des traditions populaires d'une tolérance rare et qui fut
récompensée. Il ne fit point la guerre à ces
vieilles imaginations qui avaient charmé les
veillées des ancêtres. Les apôtres de l'Irlande,
dans leurs luttes contre les druides, s'étaient
appuyés sur les poètes populaires, les *filé*, en

13

lutte contre les prêtres, comme moines et
jongleurs au moyen âge, et le catholicisme
irlandais, recueillant avec douceur, sans s'en
défendre, leurs séduisantes histoires, s'implanta
ainsi plus profondément dans l'imagination
populaire pour ne l'avoir point froissée. L'épopée mythique, héroïque et légendaire, ne périt
donc point avec la vieille religion : les hymnes
d'église ne firent point taire la harpe lyrique
et les histoires des dieux, fils de Dana, de
Conchobar et d'Ossian, continuèrent longtemps
encore à retentir sur les chemins, autour du
foyer, et dans les grandes salles des *duns* royaux.

On aimerait connaître l'histoire de la société
où cette littérature se produisit : on ne la
devine que par cette littérature même. Les
documents historiques proprement dits ne
commencent qu'à l'époque de la décadence ;
décadence glorieuse d'ailleurs, et qui jusqu'à
un certain point est une renaissance ; car la
sève épique et nationale ne s'épuise que devant
un développement nouveau, moins original,
mais bien remarquable si l'on considère l'état
du continent à cette époque : c'est la tradition
classique qui, éteinte en Europe, se rallume

dans l'île des Saints : la Renaissance a commencé en Irlande sept cents ans avant la Renaissance italienne. Pendant trois siècles, l'Irlande fut l'asile de la haute culture, chassée du continent : Armagh, la métropole religieuse de l'Irlande chrétienne, fut un instant la métropole même de la civilisation. A l'heure où Grégoire de Tours écrit son latin grotesque, l'austère saint Columban manie la strophe adonique et moralise avec les souvenirs du paganisme grec. Quand Charlemagne veut dégrossir ses barbares, c'est d'Irlande qu'il fait venir des maîtres. Le grec, oublié partout ailleurs, retrouve là des fidèles : Scot Erigène s'essaye aux mètres helléniques et prend sa philosophie dans Platon et le *Timée*. Bientôt malheureusement les invasions des barbares scandinaves, plus tard celles des Saxons viennent tout étouffer. L'Irlande savante périt ou s'exile en Gaule, où Charles le Chauve l'appelle : « L'Irlande presque entière, écrit un moine français, méprisant la mer et ses dangers, se transporte sur nos rivages avec la troupe de ses philosophes. » Mais les barbares mêmes qui la tuent sont ses élèves, et elle les civilise en expirant. Les poètes de l'Edda, — nous apprend un vaillant savant scandinave, qui n'a pas craint d'aller où il croyait la vérité à travers les tempêtes déchaînées du patriotisme scientifique, M. Sophus Bugge, — les poètes de l'Edda sont les disciples des *filé* irlandais : ils ont pris d'eux jusqu'à leurs mètres, et c'est en Irlande qu'ils ont recueilli ces bribes de mythologie classique et de théologie christianisante qu'ils ont si étrangement et si habilement mêlées aux traditions de la mythologie nationale.

Un peuple qui a de tels souvenirs dans son passé peut, si déchu qu'il soit, parler avec quelque fierté. Par malheur, l'Irlande les a oubliés, et ce sont des étrangers qui les lui rendent. Si les nationalistes avaient vraiment le sentiment national, il y a longtemps que toute cette littérature et toute cette histoire seraient exhumées et jetées dans la balance devant l'Europe, juge du procès qui va depuis si longtemps roulant entre l'Angleterre et l'Irlande. C'est avec ses gloires passées qu'un peuple tombé se refait un avenir : c'est en se rattachant à Homère et à tous ses immortels que la Grèce est arrivée à revivre. Ce sont des érudits et des fouilleurs de manuscrits qui ont fait l'Allemagne et qui sont à présent en voie de refaire la nation tchèque. Malheureusement, dans la restitution scientifique de la littérature et de l'histoire d'Irlande, ce sont des Allemands, des Français, des Anglais qui ont fait presque tout. Il n'y aura d'Irlande que quand il y aura une science irlandaise.

## II

Il ne sera pas possible de longtemps de tracer un tableau d'ensemble de la littérature irlandaise, poétique, juridique, historique, religieuse. Je dirai seulement quelques mots, d'après M. d'Arbois de Jubainville, d'une partie de cette littérature, la poésie épique, et j'essayerai de montrer par quelques exemples l'intérêt qu'elle offre, non seulement en elle-même, mais aussi dans l'histoire générale de la littérature.

L'épopée irlandaise — l'on peut employer ce terme en parlant d'un ensemble de poésies qui n'ont pas été condensées en une œuvre

unique, mais qui présentent l'unité d'intérêt —
comprend trois grands cycles : le cycle mythique,
le cycle héroïque et le cycle légendaire. Le
cycle mythique a pour objet l'origine et l'histoire ancienne des dieux, des hommes et du
monde.

Le cycle héroïque a pour centre les aventures
des deux grands héros de l'Irlande, Conchobar
et Cuchullin ; ce cycle est né de la fusion de
mythes anciens avec des souvenirs historiques
généraux : le sujet est la lutte du nord,
l'Ulster, contre le reste de l'Irlande : on voit
que le dualisme de l'Irlande ne date point de
la conquête anglaise. L'histoire traditionnelle
place les aventures des deux héros aux environs
de l'ère chrétienne : l'épopée nous donne en
tout cas un tableau fidèle des mœurs et de la
civilisation irlandaises des temps antérieurs au
christianisme. Le troisième cycle, celui d'Osin,
a pour base des événements historiques du
IIe et du IIIe siècles de notre ère, et pour
sujet le récit des exploits de la chevalerie
d'Irlande, du héros Finn [1] et de ses *Fenians*,

1. Le Fingal de Mac Pherson.

que l'Irlande moderne a ressuscités, au moins de nom.

Les fragments du cycle mythique sont insuffisants ou trop peu étudiés pour nous faire connaître l'ensemble de la religion irlandaise. Mais ils nous en laissent assez voir pour nous faire reconnaître qu'elle est proche parente des mythologies aryennes et composée des mêmes éléments naturalistes et ritualistes. En Irlande, comme ailleurs, la lutte de la lumière et des ténèbres est le centre de la vie du monde ; comme ailleurs, les forces mystiques du culte qui maintient le cours régulier du monde s'élèvent au rôle suprême, et comme le monde indien est créé à l'aide du sacrifice par un dieu-prêtre, ainsi le ciel, la terre, la mer, les étoiles ont été créés par trois druides, plus anciens que les dieux.

Toute cosmologie aboutit à l'histoire : les mythes, infinis de forme, quoique identiques de fond, qui se sont développés autour d'une seule et même idée, tendent à s'organiser en série. Quand un poète de génie, ou heureux, s'empare de la matière flottante et l'organise, son œuvre s'impose à la tradition et il lègue

une chronologie à l'histoire. Ainsi en advint-il
en Perse dont la mythologie se condensa en
histoire datée : les héros de drames qui
flottaient sur toute l'étendue du temps et de
l'espace, puisqu'ils représentaient ces héros éternellement vivants et éternellement agissants,
qui naissent, luttent, meurent et renaissent
sans cesse sous nos yeux, sur la terre et dans
les cieux, prirent leur place attitrée dans le
développement du monde, et leur histoire, en
se déroulant bout à bout, forma l'épopée iranienne, Epigones identiques à leurs pères,
« frères jumeaux échelonnés sur le chemin des
siècles. » La Grèce n'arriva point à cette précision : sa chronologie mythique resta plus
flottante, parce qu'une mythologie s'était formée
dans chaque région, dans chaque tribu, et
systématiser toutes ces imaginations était une
tâche meurtrière devant laquelle recula son
génie poétique. L'Irlande tient le milieu entre
la Grèce et la Perse : elle n'a point la précision de l'une ni la liberté de l'autre. Mais ses
poètes savent pourtant à peu près l'ordre des
dynasties et des races humaines et divines qui
se sont succédé sur le sol national et qu'ils

13.

dédoublent, quand il y a lieu, pour ne rien perdre ; ainsi suivent-ils les destinées de l'Irlande depuis le premier colon, Partholon ou Nemed, jusqu'aux derniers venus, les Pictes et les Scots, en passant par la race humaine des Fir-bolg, la race démoniaque des Fomôré, la race divine des fils de Dana, et les Milésiens venus du pays des morts.

Arrivés à la période historique, nous rencontrons les deux cycles héroïques et légendaires de Conchobar et d'Osin. Ces deux cycles sont moins inconnus à l'Europe qu'il ne semblerait d'abord : car ce sont eux qui ont fourni les éléments de cette composition artificielle qui nous est venue d'Écosse au siècle dernier sous le nom de *Poèmes d'Ossian*, et qui a eu un instant une action si démesurée sur l'imagination européenne. L'œuvre de Mac Pherson, qui a soulevé tant de polémiques, est à présent à peu près percée à jour : elle est sortie de la combinaison de deux cycles indépendants, unis contre nature, transformés sans souci de la vérité des caractères et de la logique poétique, pour flatter les vagues aspirations d'un siècle, las de la convention classique, et en quête d'une autre convention, qu'il appellera la nature. Les rudes et féroces héros de l'Irlande à demi barbares deviennent de généreux paladins, dignes du Tasse, ayant toutes les délicatesses d'honneur de la chevalerie des tournois. Voici un exemple typique des procédés de Mac Pherson[1] : le poème du xviiie siècle, comparé à celui du 1er siècle, nous fera saisir du doigt la différence de la poésie primitive et de la poésie dite romantique. L'héroïne est l'Hélène de l'Irlande, que le vieux récit appelle Derdrin et Mac Pherson Derthula.

Les hommes de l'Ulster boivent dans la maison de Feidlimid, le *filé* du roi Conchobar. Sa femme est là, tandis que les cornes à bière circulent parmi les convives ivres : elle est enceinte. A l'instant où elle sort de la salle pour se retirer, l'enfant qu'elle porte dans le sein jette un cri. Tous s'arrêtent étonnés.

— Qu'on amène la femme, dit le beau Soncha, le juge de l'Ulster, pour que nous sachions la cause de ce cri.

On l'amène.

(1) D'Arbois de Jubainville, *Bibliothèque de l'École des Chartes*, tome XLI.

— Femme, lui demande son mari, le *filé*, quelle est la cause du cri qui est sorti de tes entrailles ?

Elle ne sait que dire et l'on appelle le druide du roi, Cathbad.

— Le cri qui s'échappe de tes entrailles, dit Cathbad, est celui d'une fille aux cheveux blonds ; ses yeux seront d'un bleu enchanteur, ses joues seront pourpres sur un teint de neige, ses dents des perles sans tache, ses lèvres rouges comme des cerises; pour elle, les héros d'Ulster recevront bien des blessures. De grands rois demanderont sa main. De grandes reines seront jalouses de sa beauté.

Le druide posa la main sur le sein de la femme : l'enfant se mit à tressaillir :

— Oui, dit-il, c'est une femme; elle s'appellera Derdrin, et il se fera bien du mal à cause d'elle.

Et alors il prédit que, pour elle, les fils d'Usnech seraient exilés ; que, pour elle, péri-raient le fils du roi Conchobar et beaucoup d'autres :

— Ton histoire sera célèbre, ô Derdrin !

— Qu'on la tue ! s'écrient les guerriers.

— Non ! s'écrie le roi Conchobar, elle sera ma femme.

Derdrin naquit, fut élevée par le roi dans une forteresse où n'entraient que son tuteur, sa nourrice et une femme appelée Lebarcham, à qui on n'avait osé interdire l'entrée parce qu'elle était poète et composait des satires d'une puissance magique.

Un jour d'hiver, le tuteur de Derdrin tuait un veau gras sur la neige : la jeune fille regardait ; un corbeau vint boire le sang qui tachait la neige. Elle dit à Lebarcham :

— Celui que j'aimerai aura ces trois couleurs, les cheveux comme le corbeau, les joues comme le sang, le teint comme la neige.

Et la femme-poète lui dit :

— Celui que tu aimes est ton voisin, Noisé, fils d'Usnech.

— Je ne serai pas en santé, s'écria-t-elle, que je ne l'aie vu.

Elle s'échappe et le rencontre : elle lui offre son amour. Il refuse, se rappelant la prophétie du druide. Alors Derdrin, s'approchant doucement, lui prit la tête entre les mains et la serra contre la sienne :

— Cette tête que j'embrasse, dit-elle, est la tête d'un lâche, si tu ne m'épouses.

— Retire-toi, femme !

— Non, je serai à toi.

Noisé s'exile avec elle et ses frères, fuyant devant Conchobar. Après de longues aventures, ils reviennent, rappelés par le roi : mais le roi a envoyé Eoghan assassiner Noisé au passage. Noisé périt avec ses frères et avec un petit-fils de Conchobar, qui l'a enveloppé de ses bras pour protéger l'hôte trompé. Derdrin, seule survivante, est amenée, les mains liées derrière le dos, à Conchobar. Elle demeure un an avec Conchobar, sans sourire, sans manger, sans dormir. Quand elle ouvrait les lèvres, c'était pour chanter son premier mari.

— Des hommes que tu vois, lui dit le roi, quel est celui que tu hais le plus ?

— Toi d'abord, puis Eoghan.

— Eh bien, tu vivras un an avec lui.

Et il la livre à Eoghan.

Elle le suivait en char : mais elle avait annoncé qu'elle ne se verrait pas deux époux sur la terre. Il y avait un rocher devant elle : elle s'y frappa la tête et l'y brisa.

Telle était la tradition irlandaise dans sa beauté tragique, avec ses superstitions grandioses, ses éclats de passion vivante. Tous ces détails disparaissent dans Mac Pherson : non seulement la scène initiale du druide et de la femme enceinte, — qu'aurait dit un contemporain de Voltaire ? — mais tous ces traits si originaux du caractère de Derdrin, que le génie de la poésie populaire pouvait seul créer et que le génie du XVIII<sup>e</sup> siècle était encore incapable de comprendre. Derdrin devient une pâle et aimante créature, prototype des héroïnes de Byron, qui ne savent que s'abandonner et mourir. Une banale histoire d'amour : Darthula, aimée de Cairbar (le Conchobar irlandais), a vu Nathos, fils d'Usnoth (Noisé, fils d'Usnech), l'aime et fuit avec lui. On se rappelle le portrait que Derdrin trace de son amant avec les trois couleurs du sang, du corbeau et de la neige.

Voici comment Mac Pherson corrige et embellit son original :

« O Nathos, tu étais beau aux yeux de Darthula. Ton visage était comme la lumière du matin. Ta chevelure était comme l'aile du corbeau. Ton âme était généreuse et douce comme l'heure du soleil couchant. Tes paroles étaient la brise des roseaux, le ruisseau glissant de Lora ! Mais quand s'élevait la rage de la bataille, tu étais une mer dans l'orage, etc. »

La tempête les trahit et les rejette sur la côte d'Ulster, au camp de Cairbar. Nathos et ses frères périssent après une lutte héroïque :

« Darthula, dans un deuil silencieux, les vit tomber. Point de larme dans ses yeux... Le sombre Cairbar arriva : Où es ton amant à présent ?... Le bouclier tomba du bras de Darthula. Sa poitrine de neige apparut. Elle apparut, mais teinte de sang. Une flèche était fixée au côté. Elle tomba sur Nathos tombé, semblable à une guirlande de neige. »

Jetez là-dessus des invocations sans nombre à la lune et aux vents, et une consommation prodigieuse de clairs de lune et d'étoiles.

« Fille du ciel, que tu es belle !... Les étoiles suivent ta course azurée dans l'Orient. Les nuages se réjouissent de ta présence, ô lune !... Qui est comme toi dans le ciel, ô lumière de la nuit silencieuse ? Où te retires-tu de ta course ? As-tu ton palais comme Ossian ?

Habites-tu dans l'ombre de l'affliction? Tes sœurs sont-elles tombées du ciel? etc... »

Que de choses auxquelles n'avaient jamais songé, et que n'auraient point comprises les vieux poètes que Mac Pherson prétend reproduire, et que de choses de ces vieux poètes auxquelles, par un juste retour, il n'a rien compris!

III

La littérature irlandaise est la clef du monde
celtique. Ce n'est point qu'elle soit toute la
littérature celtique : la Bretagne a eu la sienne
aussi : mais ses textes sont moins anciens et
encore peu étudiées. Elle est dominée par la
grande figure d'Arthur, qui du pays de Galles
a passé en Bretagne et de là par la France
dans l'Europe, qui s'en est venue tout entière
à la suite de la France, s'asseoir au banquet
poétique de la Table-Ronde. La Gaule sans
doute avait, elle aussi, sa littérature perdue
sans retour. Tout ce qu'on peut, c'est d'éclairer
un peu les fragments épars qui nous restent

de sa civilisation avec les lumières qui nous viennent de l'Irlande. Voici un exemple de ces enseignements souvent inattendus. On sait que les cités gauloises avaient élevé à Lyon, à frais commun, un temple en l'honneur de la divinité de César Auguste. Des jeux annuels se célébraient le premier août : Caligula y fonda un concours d'éloquence. On pourrait s'imaginer d'abord que le choix du premier août était un hommage au nom d'Auguste. Mais la poésie irlandaise nous apprend que le premier août était une des trois grandes fêtes de l'Irlande et que cette fête avait été établie par le dieu *Lugu* ; or Lyon, en latin *Lugdunum*, plus anciennement *Lugu-Dunum* signifie « forteresse de Lugu ». Il est donc probable que la fête du premier août était depuis longtemps la fête nationale de Lyon et qu'avant de se réunir le premier août à Lugdunum en l'honneur de l'empereur, les Gaulois s'y étaient longtemps réunis en l'honneur du Dieu Lugu, comme faisaient leurs cousins d'Irlande. C'est à ces fêtes annuelles que, devant les foules assemblées, les *filé* venaient réciter leurs poèmes anciens et nouveaux : les rhéteurs de Caligula sont les successeurs des *filé*. On n'a pas encore retrouvé en Irlande les rares dieux gaulois, mentionnés par les classiques : l'un d'eux cependant, l'Hercule *Ogmios* de Lucien, le dieu de l'éloquence, s'est reconnu dans l'*Ogmé* irlandais, inventeur de l'écriture *ogam*. A une heure où l'étude des antiquités nationales est plus que jamais à l'ordre du jour, il est temps que l'élément le plus large et le plus résistant de la nationalité française ait enfin son heure : mais la Gaule a disparu de la surface du sol gaulois, quoiqu'elle soit restée en dessous, et, pour la retrouver, c'est en Irlande qu'il faut aller. Voilà pourquoi les études irlandaises doivent devenir presque une branche des études d'antiquités françaises : seule, l'Irlande sait encore une partie de ce que nous avons été.

# CHANSONS POLITIQUES DE L'IRLANDE

## NAPPER TANDY
### ET LA « PAUVRE VIEILLE »

« Ils chantent, donc ils payeront », disait Mazarin ; la Fronde lui prouva qu'il avait tort ; ils chantent, donc ils ne paieront pas. Un homme du même siècle, le républicain écossais Fletcher de Saltoun, disait mieux : « Laissez-moi la ballade et fasse les lois qui voudra ! » L'Angleterre le sait et c'est pourquoi elle laisse à l'Irlande liberté presque illimitée de parole, mais non de chanson : elle redoute moins le discours le plus incendiaire de M. Michael Davitt qu'un écho des chants de 98, qu'une strophe du *Shamrock* ou de la *Shan Van Vocht*.

# I

A Pâques dernier, j'entendais chanter à Paris, par une jeune Anglaise, une de ces chansons d'Irlande, proscrites d'Irlande. Cette chanson s'appelait, d'un titre assez difficile à rendre en français, *the Wearing of the Green,* *la Cocarde verte* [1], si vous voulez, ou mieux *le Shamrock.* C'était, comme eût dit Desdémoue, une vieille chose, mais qui disait bien la fortune de l'Irlande ; pauvre de forme et bien simple de style, mais d'une puissance d'autant plus entraînante, surtout sous le charme d'une

---

1. Littéralement, *le Port du vert.*

voix qui jetait toute l'intensité de la passion anglaise dans les accents de douleur et de colère, toujours un peu vagues et flottants, de la fantaisie celtique. L'air et les paroles ne me sortaient point de l'oreille ; et, comme toute impression d'ensemble se concentre toujours sur un détail unique, il y avait surtout une strophe étrange qui me hantait :

> I met with Napper Tandy,
>     And he took me by the hand,
> And he said : how's poor old Ireland,
>     And how does she stand ?

« J'ai rencontré Napper Tandy, et il m'a pris par la main, et il m'a dit : « Comment va » la pauvre vieille Irlande ?... »

Quelques mois plus tard, me trouvant à Londres, je m'enquis en vain de Napper Tandy et de sa chanson ; il est inutile d'ailleurs de se renseigner auprès d'un lettré anglais sur l'histoire ou la littérature d'Irlande. Interrogez-le sur des sujets plus proches et plus actuels, la Chine ou l'Assyrie, à la bonne heure. Le mieux était d'aller demander en Irlande.

Quand vous débarquez par Larne, voie du

Nord, la première chose à faire est de prendre le train pour Portrush, la dernière station pour la Chaussée des Géants. A l'hôtel de Portrush, en entrant dans la salle à manger, je trouve un prêtre irlandais en train de finir son *porridge*. Il lève la tête, me salue, me souhaite la bienvenue, et comme on lie vite conversation en Irlande :

— Un beau pays, Monsieur le curé!

— Oui, un beau pays et qui serait heureux, n'étaient les mauvaises lois *(were it not for the bad laws)*.

Les confidences venaient vite, comme on voit. Rien de plus ouvert d'ailleurs qu'un prêtre catholique irlandais; c'est un homme du peuple avec quelque chose du gentleman. Rien qui sente la soutane, point de théologie : l'Anglais est pour lui peut-être un hérétique, mais il est avant tout un étranger.

Après dîner, nous montons sur une butte au bord de la mer. Il me demande des nouvelles du maréchal Mac-Mahon ; fort surpris d'apprendre qu'il ne soit plus Président, un peu fâché pour la France; puis il me parle de la misère de l'Irlande, de M. Parnell qui est son dieu, des *Invincibles* qui lui font horreur, du rappel de l'Union qui ne peut tarder ; il ne rêve point une république irlandaise, mais seulement l'Union personnelle : l'Angleterre-Irlande vivra en paix sous la reine Victoria comme l'Autriche-Hongrie sous François-Joseph. La nuit tombe : à droite, sur le ciel sombre, se détache en masse plus noire l'amphithéâtre colossal de la Chaussée des Géants ; à gauche, dans les dernières lueurs du soleil couché, les dentelures fantastiques du Derry et du Donegal ; devant nous, une mer tachetée d'îles sans nombre qui vont rejoindre les bras décharnés de l'Écosse, sous une mer d'étoiles tachetée de nuages, où la lune vogue, s'éclipse et reparaît, argentant par instant les vagues.

— Connaissez-vous Napper Tandy ? demandai-je à mon compagnon.

— Regardez là-bas devant vous, me répondit-il.

Une lueur parut sur la mer et s'éteignit.

— C'est là que les Anglais l'ont enfermé, me dit le prêtre.

C'était le feu tournant d'un phare établi sur un îlot désert, l'île de Tory, je crois. Napper

14

Tandy, m'apprit mon compagnon, était un des chefs de l'insurrection de la fin du siècle dernier, et il avait été enfermé là après la défaite. C'est à peu près là tout ce qu'il en savait :

— D'ailleurs, me dit-il, vous devez bien le connaître, puisqu'il était Français.

J'avouai que nos histoires de France ne nous parlent pas de Napper Tandy, et je quittai Portrush sans être absolument satisfait.

A Dublin, le Phœnix Park, par une belle journée d'août, avec son immense avenue qui, derrière le maréchal de bronze qui la garde [1], s'allonge à perte de vue à travers les bois, les fourrés, les eaux dormantes, a toujours l'air aussi calme et aussi radieux que si jamais le meurtre n'avait passé par là. Mais le soir, quand, entre les masses noirâtres, l'avenue se noie dans les rougeurs du soleil couchant, le cavalier colossal bondissant l'épée à la main semble un ange exterminateur qui descend du ciel entr'ouvert pour châtier la terre sanglante.

Je trouvai à Dublin ce que je cherchais : on

1. Statue équestre de lord Gough, un des héros de l'Inde.

savait là à peu près ce qu'était Napper Tandy.
C'était un brave drapier de Dublin, patriote
honnête, assez borné, secrétaire de cette Association des Irlandais-Unis qui, de 1796 à 1798,
déploya pour perdre l'indépendance de l'Irlande
plus d'énergie et d'héroïsme qu'il n'en avait
fallu aux volontaires de Dugannon pour la
fonder [1]. Envoyé en mission au Directoire
pour obtenir l'envoi d'une expédition française, il revint en 1798, avec un costume de
général de brigade et un vaisseau, pour con-
quérir l'Irlande. Au moment d'aborder, il
apprit la défaite de Humbert, et fit voile sur
Hambourg ; Hambourg le livra à l'Angleterre
qui le condamna à mort, mais ne jugea pas
qu'il valût la peine d'être fusillé. Il s'en alla,
grâcié, mourir à Bordeaux. Mais il y avait eu
une heure, une minute, où le cœur de tout un
peuple battait d'espoir à son nom, et cela
suffit aux nations pour donner à leur héros
d'un instant l'immortalité de la ballade qui
durera autant qu'elles.

L'homme trouvé, restait à retrouver la

1. En 1782.

chanson. Heureusement, Dublin est le paradis
de la littérature populaire. Dans toutes les
rues passantes et sur une partie des quais qui
bordent la noire Liffey, s'étalent à chaque pas
aux devantures vingt recueils de pamphlets et
de chansons patriotiques. Je les fouillai sans
succès ou plutôt avec trop de succès : car je
trouvai une demi-douzaine de *Wearing of the
Green*, quelques-unes ayant le même air et
même une ou deux strophes communes ; mais
aucune ne valait ma belle chanson de Paris :
les unes triviales et plates, les autres classiques
et académiques, froides jusqu'à la mort. Quelle
est la version première? Je ne saurais dire ;
mais dans l'art l'œuvre la plus belle est la
vraie, et c'est pourquoi je donnerai la version
de Paris.

Le titre de la chanson en dit l'objet. On
sait que le vert est la couleur de l'Irlande
nationaliste et catholique, comme l'orange
est celle de l'Irlande anglaise ou anglicane [1].
Quand saint Patrick, l'Evangile en main, prê-
chait le Christ aux Irlandais encore païens,

1. Celle de Guillaume d'Orange.

comme le mystère de la Trinité effarouchait leur intelligence, il se baissa pour arracher de terre le trêfle d'Irlande, le shamrock, et leur montra la petite feuille qui est triple et une. C'est pour cela que l'Irlande portera le vert jusqu'au bout, en dépit des arrêts de police et des prohibitions du Château :

*The Wearing of the Green.*

« O cher Paddy[1], as-tu entendu la nouvelle qui circule? Par ordre de la loi, défense au shamrock de pousser sur la terre d'Irlande.

» Nous ne garderons plus le jour de saint Patrick, on ne peut plus voir ses couleurs, et il y a une loi cruelle qui défend de porter le vert.

» J'ai rencontré Napper Tandy, et il m'a pris par la main, et il m'a dit : « Comment » va la pauvre vieille Irlande et où en est- elle? »

» C'est le pays le plus désolé qui fut jamais vu jusqu'ici, car là-bas ils pendent hommes et femmes pour avoir porté le vert.

---

1. Abrégé de Patrick, prénom très commun en Irlande, devenu le sobriquet de l'Irlandais.

14.

» Ah ! si la couleur qu'il nous faut porter est le rouge cruel de l'Angleterre, qu'il vous fasse souvenir du sang qui a coulé de l'Irlande.

» Alors arrachez le shamrock de votre coiffe et jetez-le sur le sol, et ne craignez rien, il prendra racine là, si foulé sous les pieds qu'il soit.

» Quand les lois sauront empêcher les brins d'herbe de pousser comme ils poussent et que les feuilles en été ne sauront plus montrer leur couleur :

» Alors je changerai les couleurs que je porte à ma corbine [1] ; jusqu'à ce jour-là, s'il plaît à Dieu, je porterai jusqu'au bout le vert [2]. »

1. Coiffe irlandaise.
2. Le texte étant difficile à trouver, je crois utile de donner l'original tel que je l'ai entendu :

> O Paddy dear, and did you hear
>     The news that's goin' round ?
> The shamrock is by law forbid
>     To grow on Irish ground.
>
> No more saint Patrick's day we'll keep,
>     His colours can't be seen,
> And there's a cruel law agin
>     The Wearin' of the Green.
>
> I met with Napper Tandy,
>     And he took me by the hand,

And he said : how's poor old Ireland,
    And how does she stand ?

She's the most distressful counthry
    That ever yet was seen ;
For they're hanging men and women there,
    For the Wearin 'of the Green.

Oh ! if the colour we must bear
    Is England's cruel red,
Let it remind you of the blood
    That Ireland has shed.

Then pull the shamrock from your cap
    And throw it on the sod.
And never fear 'twill take root there
    Though under foot 'tis trod.

When laws can keep the blades of grass
    From growing as they grow,
And when the leaves in summer time
    Their colour dare not show ;

Then I will change the colour
    That I wear on my caurbeen,
Until that day, please God, I'll keep
    To the Wearin' of the Green.

## II

Vers la même époque prenait son vol une autre chanson, d'un enthousiasme farouche, et vibrante d'espoir : c'est la chanson de *la Pauvre Vieille*, de la *Shan Van Vocht*. Il y a ici encore plusieurs versions ; je choisis la plus belle et la plus connue, dont la date doit se placer vers la fin de 1796. C'était en décembre : la République envoyait au secours de la Vendée anglaise le vainqueur de la Vendée française : les Irlandais-Unis, sous la direction de lord Edward Fitzgerald, n'attendaient pour éclater que l'apparition du pavillon de Hoche en vue de la baie de Bantry. Un frisson d'espoir

courut d'un bout à l'autre de l'Irlande, et la
« Pauvre Vieille », au souffle de la délivrance
qui venait, se sentit rajeunir.

« Oh ! les Français sont sur la mer, dit la
*Shan Van Vocht.*

» Les Français sont sur la mer, dit la *Shan
Van Vocht.*

» Oh ! les Français sont dans la baie, ils vont
être ici sans délai, et l'Orange va flétrir, dit la
*Shan Van Vocht. (Chœur.)*

» Oh ! les Français sont dans la baie, ils
seront ici avant le point du jour, et l'Orange
va se flétrir, dit la *Shan Van Vocht.*

» Et où auront-ils leur camp ? dit la *Shan
Van Vocht.*

» Où auront-ils leur camp ? dit la *Shan Van
Vocht.*

» C'est au Curragh de Kildare [1], et les gars
seront tous là, avec leurs piques bien aiguisées,
dit la *Shan Van Vocht.*

» C'est au Curragh de Kildare et les gars se

---

1. Vaste plaine dans le Leinster, souvent employée comme
champ de manœuvres, à présent comme champ de course.
Kildare est consacré pour les Irlandais par le souvenir de sainte
Brigitte ; c'est là qu'aux temps païens brûlait le feu sacré.

réuniront là, et lord Edward sera là, dit la *Shan Van Vocht*.

» Et que feront alors les *yeomen* [1], dit la *Shan Van Vocht*.

» Que feront alors les *yeomen* ? dit la *Shan Van Vocht*.

» Eh ! qu'ont-ils à faire les *yeomen*, que de rejeter le rouge et bleu [2] et de jurer d'être fidèles à la *Shan Van Vocht*.

» Et qu'ont-ils à faire, les *yeomen*, etc... ?

» Et quelle couleur porteront-ils ? dit la *Shan Van Vocht*.

» Quelle couleur porteront-ils ? dit la *Shan Van Vocht*.

» Et quelle couleur doit-on voir, où furent les foyers de nos pères, que leur vert, leur vert immortel ? dit la *Shan Van Vocht*.

» Et l'Irlande sera-t-elle libre alors ? dit la *Shan Van Vocht*.

» L'Irlande sera-t-elle libre alors ? dit la *Shan Van Vocht*,

» Oui ! l'Irlande sera libre, depuis le centre

1. La milice bourgeoise, dont les sentiments n'étaient pas sûrs.

2. Le drapeau anglais.

jusqu'à la mer. Hurrah donc pour la liberté !
dit la *Shan Van Vocht* [1]. »

1. The *Shan Van Vocht*.

> Oh ! the French are on the sea,
>     Says the *Shan Van Vocht* ;
> The French are on the sea,
>     Says the *Shan Van Vocht* ;
>
> Oh ! the French are in the Bay,
> They'll be here without delay,
> And the Orange will decay,
>     Says the *Shan Van Vocht*,

CHORUS

> Oh ! the French are in the Bay,
> They'll be here by break of day,
> And the Orange will decay,
>     Says the *Shan Van Vocht*.
>
> And where will they have their camp ?
>     Says the *Shan Van Vocht* ;
> Where will they have their camp ? Says, etc...
>     On the Curragh of Kildare,
> The boys they will be there,
> With their pikes in good repair, Says, etc...
>
> To the Curragh of Kildare
> The boys they will repair,
> And lord Edward will be there, Says, etc.
>
> Then what will the yeomen do ? Says, etc.
>     What *will* the yeomen do ? Says, etc.
> What *should* the yeomen do ? Says, etc.
> But throw off the red and blue,
> And swear that they'll be true,
>     To the *Shan Van Vocht*.
>
> And what colour will they wear ? Says, etc.
>     What colour will they wear ? Says, etc,

What colour should be seen
Where our fathers' homes have been,
But their own immortal Green? Says, etc

And will Ireland then be free? Says, etc.
Will Ireland then be free? Says, etc.
    Yes! Ireland *shall* be free,
From the centre to the sea;
Then hurrah for Liberty!
    Says the *Shan Van Vocht.*

III

C'est le destin de l'Irlande de toujours toucher au port et d'être aussitôt remportée dans l'abîme. La flotte française parut en vue de Bantry et les feux de joie s'allumèrent sur les rochers de Kerry ; mais la tempête, comme au temps d'Élisabeth, veillait sur l'Angleterre. Les vents, « ses seuls alliés non stipendiés », se battaient mieux pour elle que ses troupes soldées du continent ; le pavillon français disparut à l'horizon, le 31 décembre 1796 et, le 1$^{er}$ janvier de la nouvelle année, l'avenir se leva plus sombre que jamais sur le front de la « Pauvre Vieille ». L'insurrection préparée

15

éclata, mais, abandonnée à ses seules forces, fit long feu et lord Edward périt ; l'année suivante vit avorter l'équipée du général Humbert, et périr avec Wolfe Tone le dernier espoir de l'Irlande. Il se trouva dans le Parlement irlandais une majorité raccolée par la terreur et la corruption pour voter l'union de l'Irlande à l'*île-sœur* ; et le palais du Parlement, immeuble inutile, fut cédé à un établissement de banque, en signe que là l'Irlande avait été vendue.

Avec le *Wearing of the Green* et la *Shan Van Vocht* l'ère des chants populaires et anonymes, que nul n'a faits et que tous savent et semblent avoir faits, est close et fait place aux chants des lettrés que le peuple oubliera. Thomas Moore est le poète de cette période : ses chants irlandais survivront par l'air qui est du peuple plus que par les paroles qui sont de lui. Au milieu de ce siècle, avec l'avènement de la *Jeune Irlande*, une nouvelle poésie éclate, mais c'est une poésie de journalistes et d'historiens. Les rédacteurs de la *Nation*, l'organe attitré du nouveau parti, qui relève, contre le parti légaliste et formaliste d'O'Connel, l'étendard des héroïques imprudents de 96, font systématiquement de la ballade une arme de combat ; mais ce mouvement artificiel, qui s'alimente des souvenirs du passé et non des émotions vivantes de l'instant, ne laisse rien dans la mémoire du peuple, malgré le talent du principal de ces journalistes-poètes, Thomas Davis, vrai poète de cœur et de style, qui rêve et chante la réconciliation de l'Orange et du Vert, qui a un chant pour tous les souvenirs nationaux, depuis les Milésiens à demi mythiques jusqu'aux volontaires de Dungannon, et meurt à trente ans, sans avoir donné sa mesure, épuisé.

Chez un peuple chantant, comme les Irlandais, chaque poussée politique nouvelle jette une nouvelle vague poétique. Pourtant le dernier mouvement, celui auquel nous assistons à présent, est muet. Le seul poète de la Land League est jusqu'à présent une Anglaise, qui n'a jamais mis le pied en Irlande qu'en touriste, la fille du poète d'*Arteveldt*, miss Taylor : c'est elle qui fournit de poésie le journal de M. Parnell [1]. Quant à l'Irlande nihi-

1. Depuis la rédaction de cet article (1884), un mouvement littéraire national se dessine assez nettement à Dublin. Il suffit d'indiquer les noms de Mr Yeats et de Miss Katharine Tynan, dont les vers sont lus et chantés partout en Irlande.

liste, elle n'a que faire de chansons : l'écho des refrains a moins de charme pour elle que celui de la dynamite, et les rimes, si aiguisées qu'elles soient, ne valent pas la pointe d'un poignard [1]. L'heure n'est point généreuse et c'est pour cela que « la harpe de Tara ne verse plus son âme harmonieuse ».

Mais si le peuple ne chante plus les chants anciens parce qu'il n'ose point, ni les chants nouveaux parce qu'ils ne lui disent rien, ces vieux chants, proscrits de ses lèvres, chantent toujours au fond de son cœur. Quand, à Saint-James'Hall, devant un public irlandais rassemblé pour entendre Michael Davitt, l'orgue donne les notes de *Oh! Paddy dear*, toutes les mains se dressent, les coiffes s'agitent, les yeux s'allument : un auditoire démocrate, de la fin de l'empire, aux accents de *la Marseillaise* était moins transporté et moins illuminé. Et dans la campagne d'Irlande, demandez donc au paysan qui vous cahote sur son *jaunting car*, s'il connaît la *Shan Van Vocht* : d'abord un regard ébahi d'étonnement et de défiance,

1. 30 octobre 1883.

puis un sourire joyeux qui court sur son rictus de paysan irlandais, comme à un mot d'ordre reconnu, et c'est avec un gros rire étouffé qui l'interrompt à chaque mot qu'il vous murmure à mi-voix en se penchant vers vous : « La *Shan Van Vocht* ? Ah ! oui, la *Shan Van Vocht* :

> Oh ! the French are on the sea,
> Says the *Shan Van Vocht*...

IV

Non loin des rochers d'où la *Shan Van Vocht*
guettait l'approche des voiles françaises, repose
entre les collines le paradis de l'Irlande, la
région des lacs de Killarney. Avant de descendre vers le lac, montez la chute du
Muckross, après avoir payé son shilling au
landlord millionnaire, qui met sous clef, pour.
les détailler au touriste, la rivière et la montagne et la cascade faite par Dieu. La cascade
roule de roche en roche dans des nuages
d'écume à travers les fougères et là-bas se
déroule l'immense nappe bleuâtre, tachetée
d'îlots et barrée de presqu'îles, au pied des

Montagnes de Pourpre, sous un ciel presque italien. Descendez ensuite à l'abbaye en ruines : entre les pans de mur du chœur, la mousse court sur les tombes obscures que domine la pierre sépulcrale d'O'Donoghue, le dieu des légendes, jadis roi du lac et de la montagne ; près de ces tombes, un cloître intact avec des colonnes éternelles ; au centre du cloître se dresse un lit colossal, dont les branches larges ouvertes couvrent tout entier le carré d'un toit de feuillage et d'ombre qui murmure et vacille. La nuit, quand la lune perce à travers les branches et les arceaux, quels rêves doivent visiter les ombres des moines qui promenaient là leurs pas dans les temps anciens ! On resterait des heures à rêver près de ces morts qui dorment, sous cette ombre qui bruit et s'agite ; là, le *memento mori* n'est plus une menace, c'est une promesse et un espoir. Quel ciel et quel soleil valent ces ombres et ce silence !

Une barque sur le lac : deux bateliers irlandais, grands et vigoureux gaillards, plus gais que des rois ; trois jeunes Anglais, échappés de Liverpool, commis en rupture de bureau, plus bruyants que gais, membres du *Teetotal Asso-*

*ciation*. Entrez, il y a place pour six. — Vous êtes Français ? Regardez à ce rocher : quatre lettres gigantesques : POLE. C'est le débris du nom de NAPOLÉON : un Napoléon, — je ne sais lequel, l'empereur ou le prince, — grava là son nom en lettres profondes, en 1856, se disant peut-être qu'il laissait là du moins un souvenir à l'abri des révolutions et des hommes : mais la pluie, les vents, l'orage, se sont acharnés sur ce nom, de droite et de gauche, et ne se sont pas arrêtés qu'ils n'en eussent fait une énigme, comme l'âme même qui avait porté. Pauvre Napoléon ! la mémoire du rocher n'est pas plus clémente que celle des peuples.

Nos trois Anglais demandent des chansons. Mes Irlandais, sans se faire prier, entonnent l'adaptation irlandaise du chant antiesclava-giste de John Brown :

« Et nous ferons danser les Saxons, en marchant en rangs serrés. Gloire, alleluia ! Gloire, alleluia ! »

> And we' ll make the Saxons dance,
> As we are marching along :
>   Glory, alleluia !
>   Glory, alleluia !

Les trois jeunes Saxons semblent peu flattés de la promesse ; mais un bon chrétien ne peut laisser sans réponse un alleluia, et, après un moment d'hésitation, les voici qui entonnent bravement le refrain ; peut-être se disent-ils, *a parte*, qu'ils ne danseront qu'autant qu'ils le voudront bien. Les Irlandais s'en donnent à cœur joie, et pendant un quart d'heure, faisant résonner les échos du lac : « Nous ferons danser les Saxons ! » s'écrie l'Irlande : « Glory, alleluia ! » répond l'Angleterre.

Mais tout se tait : un cor de chasse vient de retentir ; ce sont les notes sacrées, *Oh ! Paddy dear...* qui nous croisent d'une barque prochaine. Les notes, divinement tristes, lancées sur toute l'étendue du lac, roulent et se prolongent et vont mourir en sanglot lointain. Les deux Irlandais, payés pour être gais, pour rire et faire rire, se taisent et un nuage passe sur ces fronts qui semblaient trop faibles pour le poids d'une pensée : les quatre étrangers ont un frisson d'émotion ; ils sentent que c'est l'âme d'un peuple qui passe, peut-être l'âme d'un mourant.

Station d'usage au chalet pour acheter quel-

15.

ques vues et payer la bière aux bateliers ; un livre de touristes attend vos observations. Feuilletez le livre : la note est partout la même, celle de la sympathie triste ; le touriste anglais, aussitôt débarqué sur le sol irlandais, qu'il le veuille ou non, se sent enlacé de pitié. *Sic vos non vobis*, a écrit l'un ; *God save Ireland!* (Dieu sauve l'Irlande !) écrivent d'autres. Si vous m'en croyez, ne vous mettez pas en quête d'esprit : n'écrivez que le nom plaintif de l'Irlande : *Shan Van Vocht, La Pauvre Vieille !*

# VARIÉTÉS INDIENNES

# CALCUTTA

En l'année de grâce 1636, il y avait près de vingt-cinq ans que les honorables marchands de la Compagnie des Indes Orientales faisaient modestement le commerce dans la ville de Surate, qui était le grand port occidental de l'Inde, quand la fille du Grand Mogol tomba malade ; et les médecins, après avoir long-temps cherché remède, sans trouver, finirent par lui dire : « Il n'y a qu'Allah qui guérisse. » Le père de la princesse, Chah Jehan — celui-là même qui éleva le Tadj à la mémoire de sa bien-aimée, la reine Mumtaz Mahal, — adorait aussi sa fille, et songea aux Firangis, dont les médecins ont des remèdes pour tous les maux. Il envoya donc un exprès à Surate ; l'exprès revint avec le médecin d'un des vaisseaux anglais, un M. Boughton, qui rendit la vie à la princesse. L'empereur demanda à Boughton de fixer lui-même sa récompense. Le docteur, avec le patriotisme commercial de sa nation, demanda pour la Compagnie le droit de commercer, sans souci de la douane, dans le riche Bengale. La Compagnie fonda aussitôt une factorerie à Hougli, localité située sur la rivière de ce nom, une des branches qui forment le delta du Gange.

Les négociants anglais gagnèrent là beaucoup d'argent ; ils en gagnèrent tant qu'ils devinrent très fiers, prirent des airs de conquérants et voulurent traiter de puissance à puissance avec le Grand Mogol. Par malheur pour eux, le Grand Mogol s'appelait alors Aureng-Zeb. Aureng-Zeb, le Louis XIV indien, n'était pas d'humeur plus endurante que son grand contemporain de France : il chassa ces insolents, confisqua leurs biens, et ne leur permit de revenir que « sur très humble et repentante requête que leurs crimes à son égard fussent pardonnés ». Ils ne revinrent pourtant pas à Hougli.

Dès que la situation avait commencé à se tendre, en 1686, le président des marchands, Job Charnock, avait évacué Hougli et avait descendu le fleuve en quête d'un abri. En passant devant le village de Sutanati, à quarante kilomètres au-dessous de Hougli, les regards du fugitif furent attirés par un figuier immense qui ombrageait le village : le paysage lui plut, il s'arrêta là et construisit ses baraquements à l'ombrage du colosse. De cet asile d'une nuit est sortie la capitale de l'Orient.

Charnock mourut six ans plus tard, sans se douter qu'il fût le Romulus d'une nouvelle Rome. On dit qu'il mourut converti à la religion des bons païens du Bengale, après avoir enlevé au bûcher et épousé une jeune veuve que ses parents brûlaient en l'honneur de l'époux. L'Église crut peu à l'histoire, car elle lui donna trois pieds de terre dans la vieille cathédrale ; et un marbre latin, élevé sur sa cendre, rappelle comment « Job Charnock, écuyer (esquire), Anglais et très digne agent des Anglais dans ce royaume de Bengale, après avoir longtemps voyagé sur la terre étrangère, retourna à sa demeure éternelle le 10 janvier 1692. » — « *Qui, postquam in solo non suo peregrinatus esset diu, reversus est domum suæ æternitatis decimo die januarii* 1692. » Cette pierre est la plus vieille pierre taillée de Calcutta.

Sutanati forme à présent le quartier nord de Calcutta. La factorerie fonda aussi quelques établissements dans deux villages voisins : celui de Govindpur, sur lequel s'étend à présent l'Esplanade, et celui de Calcutta, qui a donné son nom à la capitale.

Le village de Calcutta tenait lui-même son nom d'un temple célèbre de Kali, situé à deux ou trois milles de là, le *Kali Ghat*, que les Anglais ont corrompu en Calcutta. Kali, c'est-à-dire la Noire, est un des noms de la formidable épouse de Civa, Mahadévi, « la Grande Déesse », aux mille noms et aux mille formes, qui est adorée tour à tour comme la pensée suprême et comme la puissance de création et de destruction, et qui est l'objet d'adorations mystiques, obscènes ou sanglantes. Voici comment son culte s'établit dans ces lieux :

Dakcha avait donné sa fille Parvati en mariage à Çiva ; mais, élevé par Brahma au rang de chef des Prajapatis, il s'enorgueillit et commença un grand sacrifice, auquel il n'invita pas Çiva : il faisait peu de cas de ce gendre qui rôde dans les cimetières, comme un fou, entouré de spectres et d'esprits, échevelé, riant, pleurant, barbouillé de la cendre des bûchers, et portant un collier de crânes de morts. Parvati voit les dieux qui passent en voiture, tout parés comme pour une fête, et demande à son mari où ils vont. Çiva lui apprend qu'ils sont les hôtes de son père, mais que lui, Çiva, n'a pas part aux sacrifices des dieux. Blessée de l'affront fait à son mari, elle va trouver son père, le renie, et pour abandonner la forme corporelle qu'elle tient de lui, elle rend l'âme. Çiva, inconsolable de sa perte, prend le cadavre sur les épaules et parcourt la terre, qu'il fait gémir sous le poids de sa douleur. Les hommes, effrayés, appellent Vichnou à leur secours : Vichnou accourt, lance dans l'air son disque merveilleux, qui coupe le corps de Parvati en cinquante-deux morceaux. Les cinquante-deux places où tombèrent les différents membres sont devenues des lieux de pèlerinage et la piété des fidèles y a élevé des temples. Celui de Kali Ghat s'élève à l'endroit où tomba le second doigt du pied gauche.

Le temple est construit au bord d'un ruisseau, appelé le Tolly, du nom d'un brave colonel anglais qui avait là sa villa. Cet humble *nulla* desséché n'est rien moins, ainsi du moins le veut la tradition populaire, que l'ancien lit du Gange, « le Gange primitif », l'Adi Ganga : de là son caractère sacré : la grande branche de l'Hougli est, disent les Indiens, creusée de main d'homme et profane. Ce vieux lit, en plus d'un endroit, ne se distingue qu'aux dépressions du sol ou à des mares croupissantes. Les archéologues le reconnaissent à des ruines de sanctuaires et aux restes des escaliers ou *ghats* qui descendaient dans la rivière et où les fidèles allaient faire leurs ablutions, ou brûler leurs morts, qu'ils envoyaient de là au paradis, au fil de l'eau sacrée. De toutes ces ghats, la plus illustre et la plus fréquentée était et est encore celle du temple de Kali. On y venait, on y vient de tout le Bengale, et une route royale

y conduisait de Mourchidabad, la capitale du
siècle dernier, à travers les jungles et les
marais qui couvraient alors l'emplacement du
moderne Calcutta. La splendide Chauringhi,
la rue de Rivoli ou l'Oxford Street de Calcutta,
est prise sur la vieille route des pèlerins :
l'alignement est le même, la bordure seule a
changé, et les colonnes corinthiennes des
palais gréco-saxons ont remplacé les palmiers
et les pippals, tandis que les bandes de bébés
conduits par leurs âyahs ou les files de voi-
tures à ressorts ont remplacé les troupes
d'hommes et de femmes demi-nus se dirigeant
en hâte, appuyés sur leurs bâtons, vers le but
sacré, du pied de l'Himalaya et de toutes les
extrémités du Bengale.

Ce que ces malheureux viennent ici voir,
entrevoir, c'est l'image de Kali. Elle est noire,
comme son nom l'indique ; mais elle est si
couverte d'offrandes et le lieu est si obscur
qu'on ne voit guère d'elle que sa langue, qui
est d'or, et qu'elle tire fort longue, jusqu'à la
poitrine, ce qui étonne d'abord pour une
dame et une déesse, mais s'explique quand on
apprend le reste de l'histoire de Parvati. Elle

s'était donné pour tâche, fort généreusement, de délivrer la terre des démons et des monstres qui l'infestaient. Son œuvre achevée, elle dansa de joie sur les cadavres, tant et si fort que la terre trembla de tomber en pièces : son mari, alors, se dévouant, se jeta à terre au milieu des cadavres. Voyant soudain, sous ses pieds, son maître et seigneur, elle fut saisie de honte et tira la langue, ce qui est, dans le monde indien, un des signes les plus expressifs de la confusion, et c'est dans cette attitude édifiante que l'art et la religion l'ont consacrée.

Les pèlerins viennent tous les jours, mais surtout les jours de fête consacrés à Çiva, par exemple le jour du Charak-Poudja, où les fanatiques du dieu se tailladent et se balafrent en son honneur en tournant dans des rondes infernales. Sa date de fête particulière est le Kali-Poudja (culte de Kali), qui dure une nuit, la plus obscure de la lune décroissante du mois de Kârtika. Cette nuit-là le temple est inondé du sang des boucs, des moutons et des buffles. C'est une boucherie écœurante et nauséabonde. L'adorateur amène sa victime, le prêtre met un peu de sang sur la tête de la bête pour la consacrer ; le boucher prend l'animal, fixe sa tête dans un cadre et l'abat. Le prêtre trempe le doigt dans le sang chaud, en barbouille l'idole, empoche ses honoraires, environ soixante centimes par victime, et le pèlerin s'en va avec le corps décapité, heureux d'avoir communié avec Dieu, et confiant que le vœu, quel qu'il soit, qui l'a amené ici sera exaucé.

Qu'ai-je à faire du sang des boucs et des génisses ?...

L'Hindouisme attend encore son Isaïe.

Il y a eu un temps où c'était de sang humain que se barbouillait Kali : autant l'homme est au-dessus de la bête, autant son sang est un breuvage plus délicieux pour un dieu, et le prix de la victime rehausse la vertu du sacrifice. Encore au commencement du siècle, en pleine domination anglaise, plus d'une fois un fidèle de Kali, pour mieux marquer sa piété, remplaça le bouc par un enfant, sans que Kali envoyât un ange pour détourner le couteau du sacrificateur. Toute une caste, la caste des assassins, les fameux Thugs, relevaient de Kali, s'agenouillaient devant son idole avant de partir pour leurs expéditions, offraient à son temple une partie de leurs gains sinistres et consacraient le meurtre en le commettant en son nom.

Le temple actuel a été bâti, il y a trois siècles environ, par un membre d'une riche famille du Bengale, les Sâbarna, qui alloua à son entretien le revenu d'environ deux cents acres. Un brahmane nommé Chandibar en fut le premier prêtre : ses descendants, qui ont le titre de Haldar, en sont propriétaires à présent. Les revenus du temple sont immenses : à lui seul, le droit de soixante centimes par victime suffirait pour le faire vivre, car il y a des jours où les victimes se comptent par centaines, sinon par milliers. La famille Hàldar est à présent divisée en plusieurs branches, dont chacune reçoit les offrandes à tour de rôle durant une huitaine de jours : aux jours de grande fête et de grand bénéfice, toutes les branches sont représentées et les recettes sont partagées. Il est peu de sanctuaires dans le monde où la comptabilité soit plus simple.

A l'époque où Job Charnock établit ses factoreries à Sutanati, Govind et Calcutta, le Kali Ghat était aussi fréquenté qu'aujourd'hui, mais on n'y allait pas en tramway. Les trois villages, à présent fondus dans l'immense métropole, étaient perdus dans la forêt, une immense forêt infestée de bêtes fauves et de bandits, et qui n'était rompue que par des marais pestilentiels. La ville anglaise grandit là au hasard des abatis, sans plan et sans grand souci de l'hygiène. Certains quartiers étaient au-dessous de l'étiage de la rivière.

La jungle et les rizières, entremêlées de vagues pâtures où se montraient çà et là quelques chaumières d'indigènes, enveloppaient les maisons européennes d'une atmosphère de malaria. La mortalité était effrayante, et il fallait pour l'affronter l'héroïsme d'un marchand qui a pris pour devise : « Cent pour cent ou la mort ! » On dit qu'il y eut une année où la fièvre emporta le quart des Européens, et les marins en veine d'étymologie disaient que le nom de Calcutta était pour Golgotha, « le lieu des Crânes ».

Cependant l'Empire mogol tombait en décomposition.

De l'autre bout de la péninsule, des bords de l'océan Indien, un nouveau peuple, créé par le génie du bandit Çivaji, les Mahrattes, lançait ses escadrons de pillards jusqu'à Delhi et jusqu'au Gange. En 1742, ses éclaireurs étaient signalés en vue de l'Hougli. La Compagnie commença à creuser un fossé autour de son domaine, « le fossé Mahratte », qui, sous le nom de « Route circulaire », forme encore une partie de l'enceinte nominale de Calcutta : à l'intérieur, sur l'emplacement où s'élève à présent l'Hôtel des Postes, elle avait déjà, à la fin du siècle précédent, construit un fort à la Vauban, que l'on nomma Fort William en l'honneur du roi alors, Guillaume d'Orange. L'orage mahratte passa à l'horizon sans éclater sur Calcutta, et les marchands anglais revinrent à leurs affaires, tout en continuant leurs querelles avec leurs concurrents français, danois, hollandais, de Chandernagor, de Serampor, de Chinsurah.

C'est quatorze ans plus tard, en 1756, qu'éclata l'orage, mais d'un côté inattendu. Le jeune nawab du Bengale, Suraj Addaula, blessé d'une lettre du gouverneur, M. Drake, qui refusait de démolir les fortifications élevées au cours de la guerre avec les Français, marcha à la tête d'une armée contre Calcutta. Le gouverneur s'enfuit avec les habitants et le trésor ; le commandant militaire suit son exemple et déserte Fort William. La garnison abandonnée nomme un chef, M. Holwell, et résiste pendant quarante-huit heures ; mais la moitié succombe, le reste envahit les caves et tombe ivre mort. Holwell voit tout perdu et parlemente. Pendant les pourparlers, l'ennemi entre. La nuit venait : que faire des cent quarante-six prisonniers ? On cherche un endroit sûr, sans trouver. L'officier indien s'avise enfin de la salle de police : une chambre de vingt pieds carrés, avec une fenêtre. C'était une nuit de juin, d'une chaleur écrasante. On pousse à la pointe de l'épée ces malheureux effarés dans le *Trou Noir* : ce fut une tragédie d'horreur telle que l'Enfer de Dante n'en a pas vu.

Les gémissements des damnés durèrent toute la nuit, s'affaiblissant d'heure en heure ; au lendemain, quand les Indiens ouvrirent la porte du cachot, il en sortit vingt-trois spectres : cent vingt-trois cadavres gisaient entassés ou debout sur le sol, et la putréfaction du soleil indien commençait déjà son œuvre. Ces vingt-trois malheureux avaient survécu à la faveur des morts et des mourants, en se dressant sur les cadavres pour approcher de la fenêtre et respirer un peu de l'air des vivants. Les Musulmans restèrent sept mois à Calcutta, qu'ils baptisèrent Alinagar, ville d'Ali, triomphant ainsi à la fois de l'Hindouisme et de l'Europe. Mais du Trou Noir allait sortir l'Empire anglais de l'Inde. Sept mois ne s'étaient pas écoulés que Clive reprenait les ruines de Calcutta, et, le 23 juin 1757, un an et deux jours après la tragédie du Black Hole, il détruisait l'armée du nawab sur le champ de bataille de Plassey.

Au moment du grand désastre, Calcutta comptait soixante-dix maisons, toutes habitées par des Anglais. Le moderne Calcutta date de 1757. Le vieux fort fut abandonné aux douanes et aux bureaux; un nouveau fort, le Fort William actuel, fut commencé au-dessous de l'ancien, au bord de la rivière. A l'entour on attaqua la forêt, sur laquelle tout Calcutta a été conquis. Sur la place où s'élève à présent la cathédrale, au siècle dernier Warren Hastings chassait le tigre. Les domestiques engagés dans les quelques maisons du voisinage ôtaient leurs vêtements le soir avant de rentrer chez eux, pour ne rien garder qui pût tenter les voleurs sur la route.

A partir de 1757, l'histoire de Calcutta n'est plus que l'histoire de ses prodigieux agrandissements, comme l'histoire de l'Inde n'est plus que celle des progrès de la domination anglaise. Au commencement du xviiie siècle, Calcutta dépendait encore de Madras; en 1707, il en était devenu indépendant, et les trois présidences de Madras, Bombay, Calcutta restaient sur le pied d'égalité, ce qui signifiait aussi sur le pied d'anarchie. A partir de Clive, dont le clair génie voit que le faible et riche Bengale est une proie qui n'attend que la main du conquérant, Calcutta est le centre de l'action anglaise. En 1773, il devient la capitale de fait; en 1834, le gouverneur général du Bengale devient le gouverneur de l'Inde; en 1857, à la réunion de l'Inde à la Couronne il prend le titre de vice-roi. La splendeur de la ville s'élève à la hauteur de ses destinées politiques. Un homme surtout a marqué son empreinte sur la capitale et lui a donné son caractère impérial : c'est lord Wellesley, le frère de Wellington moins illustre, mais plus grand, un de ces proconsuls de génie comme en ont produit Rome et l'Angleterre moderne. Il donna le ton en 1800 en bâtissant le Palais du Gouvernement : « L'Inde, disait-il, doit être gouvernée d'un palais, non d'un comptoir ; avec les idées d'un prince, non celles d'un marchand au détail de mousseline ou d'indigo. » C'est de lui que date la *Ville des Palais*.

Calcutta est une ville anglaise, entourée d'un immense village indien de six cent mille habitants. Ce n'est pas, comme Delhi, comme Bénarès, comme Lahore, une de ces vieilles cités indiennes, aussi anciennes que les plus anciens souvenirs du pays, ayant leurs antiquités, leur art, leur vie, leur physionomie propre, et auxquelles la conquête européenne est venue adjoindre, généralement à distance, un riche faubourg européen, fait de villas, de jardins et d'avenues. Ici, au contraire, la ville indienne elle-même est née de la ville européenne, pour servir ses besoins : c'est comme un de ces bazars qui se forment dans toute l'Inde autour des cantonnements militaires des Anglais. Aussi Calcutta, la plus vaste des agglomérations de l'Inde, est-elle la plus vide pour l'art. Vous allez à Agra pour voir le Tadj ; à Delhi, pour voir le Divan d'Aureng-Zeb, ou la Mosquée perle, ou les ruines cyclopéennes du vieux Delhi ; à Bénarès, pour ses temples en étage dominant la courbe de la rivière : vous n'allez à Calcutta que par respect humain, parce que c'est la capitale, et qu'il convient de voir la capitale.

Calcutta n'est donc pas une ville : ce n'est qu'une capitale. Pour faire une capitale, il faut peu de chose : une volonté et des maçons ; au contraire, pour faire une ville, une chose vivante, il faut que la pierre ait été soulevée par l'âme d'un peuple ; il faut toutes les traditions de souvenir, d'amour et d'espérance, toutes les aspirations vers quelque chose de grand et de beau obscurément éprouvées et qui mettent ces masses en mouvement ; il faut aussi une prédisposition des lieux, un appel silencieux de la nature. Il y a peu de villes-capitales en Europe, trois ou quatre : Paris, Rome, Stamboul (si les Turcs n'y étaient plus).

16.

Calcutta est là parce que par hasard le bonhomme Charnock y a jeté l'ancre.

Les Anglais du dernier siècle et ceux de notre siècle sont peu artistes : ils le sont peu chez eux ; encore moins se soucieraient-ils de l'être dans un pays où ils ne font que passer, le temps de faire fortune. Ils ne se mirent donc pas en grands frais d'imagination : du pseudo-grec pour les monuments civils, du pseudo-gothique pour les cathédrales. Anglo-grec et indo-gothique font étrange figure sous le ciel indien ; mais ici l'architecte dispose de l'espace, et la grandeur des proportions produit un effet qui n'est point celui de la beauté, mais qui frappe à sa façon. En face de l'immense esplanade, le Chauringhi Road n'a qu'à aligner soixante palais à la file pour faire un mille de route. Ces palais, froids, réguliers, banaux, se relèvent par la masse, seule exubérance tropicale d'un art qui est doublement bâtard, puisqu'il est déjà étranger sur le sol même d'où il est importé. Les voyageurs qui ont vu Saint-Pétersbourg croient le retrouver sur le bord du Gange. On songe aussi à la nouvelle Vienne telle qu'on l'a refaite depuis dix ans, ou bien à Budapest, mais, sans le glorieux horizon des Alpes mourantes. Il n'est point d'œuvre qui donne plus profondément l'impression de la froideur et de la puissance du génie anglais. Les Wellesley ont dit : « Que les palais soient ! », et les palais furent; ils avaient oublié de dire : « Que les artistes soient ! », et, quand ils l'auraient dit, le pouvoir même d'un gouverneur général a ses limites du côté de l'esprit.

Ces monuments, qui se ressemblent tous, ont pourtant leur intérêt : ils ont presque tous un souvenir d'histoire attaché à leurs colonnes ou caché sous leurs fondations. Là, après tout, est le seul intérêt de Calcutta, la seule chose pour laquelle il vaille une visite ; car ces marchands de la compagnie des Indes, les moins poétiques des hommes, ont, avec Napoléon, écrit le plus merveilleux roman du siècle : mais leur roman, plus heureux que celui de Napoléon, dure encore. Nous allons donc, si vous voulez, nous promener dans ce roman en remontant le cours du fleuve.

Je suppose que vous avez remonté sans encombre la bouche de l'Hougli, à travers les récifs qui la hérissent et les bas-fonds changeants qui l'obstruent, et que peut seul deviner l'instinct d'un pilote de Calcutta. Ils sont quarante à peu près, ces pilotes à l'air merveilleux, qui, à la couleur, au plissement de la vague d'avant, reconnaissent le danger caché qui s'est formé dans la nuit passée, et, suivent de jour en jour, les caprices mouvants de l'estuaire.

Vous longez l'île Sâgara, la terre classique des tigres du Bengale, qui durant les trois quarts de l'année disparaît sous les vagues du golfe, que les vents du sud-ouest lancent par-dessus l'île. C'est là pourtant l'un des lieux de pèlerinage les plus courus de l'Inde. Car c'est là que la rivière Ganga, qui n'est autre que l'épouse même de Çiva, celle à qui nous venons d'offrir des victimes sous le nom de Kali, et qui passa son enfance sur les cimes de l'Himalaya sous le nom de Parvati, « la Montagnarde » ; c'est là qu'appelée du haut du ciel par les prières de Bhagiratha, roulant furieusement du sommet du Kaïlâsa à travers toute la terre, elle vint enfin se reposer dans le sein de l'Océan. En passant sur l'île, elle ressuscita de son contact les soixante mille fils de Sâgara, réduits en cendres par un saint outragé. L'eau du Gange, partout sacrée, est ici doublement sacrée et puissante : celui qui s'y baigne est lavé de tous ses péchés, comme le furent les fils de Sâgara, et naît comme eux à la vie éternelle. Chaque année, en janvier, un flot de cent mille pèlerins vient inonder l'île déserte, infestée de fièvres et de choléra : ils y dressent des sortes de tentes recouvertes avec des bandes de calicot. Beaucoup de ces pèlerins sont des vieillards, des malades qui n'ont plus que le souffle ; mais mourir en se baignant là est la félicité suprême : c'est mourir en pleine pureté, c'est échapper pour toujours à la prise du péché qui vous guette, prêt à vous ressaisir, si vous rentrez dans les voies de la vie.

Après avoir vogué une quinzaine d'heures durant sur la mer de boue qui a formé le delta du Gange, et passé Tamluk, qui était le grand port du fleuve il y a deux mille ans, vous approchez enfin de Calcutta, dont vous entrevoyez d'avance les flèches, les tours et les mâts de vaisseaux, à la faveur des tournants de la rivière. A votre gauche s'étend ce qui était il y a un an encore les jardins du roi d'Aoudh. En 1856, le gouverneur général, lord Dalhousie, prétextant l'inconduite et l'incapacité du jeune roi, déclarait ses États annexés au domaine britannique et l'envoyait vivre d'une pension de cinq millions à la porte de Calcutta. Tandis que Lucknow se soulevait pour son prince, tandis que sa mère, la vieille Begum, allait à Londres essayer en vain d'émouvoir la pitié du Parlement et du peuple, et venait mourir à Paris par une froide journée de janvier, le jeune roi, devenu philosophe, et ne pouvant plus gouverner à Lucknow avec ses bouffons, ses musiciens et ses danseurs, se consolait de sa cour perdue en se montant une ménagerie splendide qui fait la joie des enfants de Calcutta. Cinquante mille pigeons volant dans ses volières; des armées de singes, dont quelques-uns sont des savants et dansent au commandement; des bandes d'oies et de canards, barbotant dans les étangs; des panthères et des lions, et, dans un souterrain, des milliers de serpents, grands seigneurs et petits, les grands se nourrissant des petits : le Prince, s'il lui en prenait fantaisie, pouvait méditer là

sur toutes les grimaces, les sottises, les féro-
cités de la vie de cour. Sur le tard, il quitta
l'Inde avec l'agrément du gouvernement, et
s'en alla faire son salut en bonne terre musul-
mane, à Bagdad, sans doute pour être plus
près de la terre sacrée de Kerbéla. Il y mourait,
il y a trois ans, sans enfants, et laissait le
gouvernement anglais pour seul héritier. Il
demanda par son testament que ses animaux
et tous ses biens fussent vendus à juste prix,
mais non pas aux enchères : « Je ne veux pas
qu'on les fasse circuler, que les enchéreurs en
fassent le sujet de plaisanteries, bonnes ou
mauvaises, et que les bouffons s'en fassent des
gorges chaudes. »

De l'autre côté de la rivière, le Jardin botanique fait un digne vis-à-vis à la ménagerie
du roi déchu. Créé en 1786 par le général
Kyd, agrandi par une dynastie de proconsuls
de la botanique dont le nom a marqué dans la
science, de Roxburgh à Hooker, il est devenu
la pépinière d'où la plupart des jardins d'Europe ont reçu tout ce que les tropiques pouvaient leur offrir de plantes utiles et de plantes
d'ornement. Jacquemont, se préparant à son

pèlerinage botanique à travers l'Hindoustan, y put, en six semaines, « faire connaissance avec tout le peuple des végétaux de l'Inde ». Ce n'est pas seulement la flore de l'Inde, c'est toute la flore des tropiques, d'Afrique, d'Océanie, d'Amérique, qui y pousse en plein air, comme sur son sol natal. De temps en temps le cyclone, le grand ennemi, fait des abatis parmi les géants cosmopolites du jardin. Celui de 1864 a jeté bas une avenue de mahoganies plantée à la fin du siècle dernier par le parrain de la Roxburghia; il a découronné le grand baobab du Sénégal, dont la ceinture mesurait quinze mètres; mais il n'a pas pu venir à bout du grand banyan, qui à lui seul est toute une forêt ou tout un temple de colonnes, et dont les branches fatiguées ne retombent sur le sol que pour y puiser une vie nouvelle et se redresser vers le ciel. Les plantes du Nord, sous ce ciel torride, sont des exilées qui essayent fiévreusement de parler la langue du pays sans la comprendre : au milieu des bananiers, des palmiers, des mahoganies, poussent tristement de malheureux petits chênes, étonnés d'un climat qui ne souffre pas de repos, et ne

leur permet pas de laisser tomber leurs feuilles
et de refaire leurs forces par le sommeil de
l'hiver. Le jardin s'étend un mille sur la
rivière, de niveau avec elle : ce terrain d'alluvion ignore la colline et a refusé à cet Éden
la splendeur du panorama.

Après le palais du roi d'Aoudh, le vaisseau
longe le *Garden Reach*, suite de villas et de
jardins qui s'étendent jusqu'à Calcutta : c'est
la partie vraiment belle de la ville, d'une
beauté qui, d'ailleurs, ne lui est pas particulière, qui est celle de tous les Passy et de tous
les Kensington de l'Inde anglaise ; c'est là
aussi que commence la ville maritime, la ville
flottante, dont les mâts et les voiles jettent au
soleil, de tous les points, des frissons de drapeau. Ces mâts tremblants sont la poésie de
Calcutta, comme de tout port ensoleillé. Il n'y
a point de ligne architecturale, fût-elle de
Phidias, qui vaille les lignes de ces bras et
de ces ailes se dessinant sur l'azur humide et
ruisselant de lumière : elles ont la beauté de
la forme, la beauté du mouvement tremblant
et le prestige des évocations lointaines, d'une
patrie absente, ou d'un horizon plus lointain

17

encore où elles vont s'enfoncer, s'anéantir peut-être; une brume de mystères, de dangers, de trésors inconnus; ici aujourd'hui, demain qui sait où? C'est là que s'arrêtent les bateaux de notre Compagnie maritime. Un peu plus haut, ancrent les flottes du *P. and O.*, la Compagnie Péninsulaire Orientale, la plus riche et la plus puissante Compagnie maritime qui soit au monde.

Le port de Calcutta s'étend dix milles le long de l'Hougli, avec des amarres pour cent soixante-dix vaisseaux. La rivière est large d'un kilomètre à mille cinq cents mètres, mais le chenal n'en a que deux cent cinquante; maigre chaussée pour les deux mille vaisseaux et les deux cent cinquante steamers qui viennent et s'en vont dans le cours de l'année et pour les quatre mille bateaux qui montent et descendent la rivière. Nous passons les docks, nous laissons à notre droite la bouche du Tolly, qui nous ramènerait au temple de Kali, et nous débarquons à l'Échelle de Prinseps, le Prinsep's Ghat, dont les marches descendent dans la rivière juste à l'extrémité du Fort William. Prinseps était un employé de la

Compagnie des Indes qui, sans grande éducation et sans préparation scientifique, à ses heures perdues, déchiffra les vieux alphabets de l'Inde et créa l'épigraphie sanscrite. Il appartient à une époque, déjà lointaine, où les fonctionnaires de la Compagnie avaient le droit de s'intéresser à l'histoire et à la vie morale de l'Inde et d'avoir du génie scientifique ; ils en ont usé plus d'une fois : aujourd'hui, s'ils prenaient pareille liberté, ils seraient mal notés du Gouvernement de la reine.

Le Fort William est adossé à la rivière : par les trois autres côtés, il regarde une place immense, le Maidan ou Esplanade, limitée parallèlement à la rivière par les aristocratiques alignements de Chauringhi, et, au nord, par l'avenue de l'Esplanade avec ses palais gouvernementaux. Le Fort, qui forme une étoile à huit rayons, dont trois sont dardés sur la rivière et les cinq autres sur l'Esplanade, est de dimensions formidables, qui disent la date où il a été bâti. Quand Clive en jeta les fondements en 1757, l'année même où la bataille de Plassey l'avait rendu maître du

Bengale, la domination anglaise était bien
neuve et bien chancelante, et un coup de fortune semblable à celui qui venait de la fonder
en un jour pouvait la renverser en une nuit.
Il ne fallait pas que l'exode de Charnock se
renouvelât si le Grand Mogol se réveillait, ni
la tragédie de Calcutta. Clive voulut un fort
où pût se réfugier et tenir une armée en
retraite, et où la fortune de l'Angleterre, en
cas de revers, pût attendre dans un asile inex-
pugnable. L'immense bâtisse est faite pour
contenir quinze mille hommes : il en faudrait
dix mille pour défendre les ouvrages. La construction dura seize ans et coûta cinquante
millions. Jamais aucun de ses six cents canons
n'a eu encore à tirer sur l'ennemi, même
durant l'année de la Grande Rébellion. Deux
mille hommes et une batterie d'artillerie suf-
fisent depuis des années au service. Devant la
porte qui regarde la rivière, s'élève le monument dit de Gvalior, érigé par le gouverneur
général lord Ellenborough, en l'honneur des
officiers et des soldats morts dans les batailles
qui, en 1843, mirent fin à l'indépendance du
royaume de Sindia. C'est un monument d'un

assez mauvais exemple pour les officiers de Fort William, car la victoire de Mahârâjpur est de celles dont les généraux peuvent être fiers pour leurs soldats plus que pour eux-mêmes. Lord Ellenborough et toute sa cour, officiers et dames, étaient venus en grande pompe, montés sur des éléphants, pour assister à la défaite de l'ennemi. Les premières décharges des Mahrattes changèrent le caractère de la fête : les officiers anglais perdirent la tête, mais leurs cipayes se ruèrent sur les Mahrattes sans s'inquiéter d'eux. Les Mahrattes, aussi mal commandés, mais aussi énergiques, se firent tuer sur leurs pièces, après avoir tiré tant qu'il resta un canonnier. A la fin de la journée, il se trouva que les cipayes étaient vainqueurs. Lord Ellenborough, qui était le *bombast* fait homme, avait donné jusqu'au bout à la tragédie la note héroï-comique en allant, sous les balles, distribuer aux blessés des sous et des oranges.

Le côté est et sud de l'Esplanade est occupé par un désert, le champ de courses. Ne vous laissez surprendre là ni par le soleil du midi ni par le cyclone qui, de temps en temps, balaie Calcutta. La vie de l'Esplanade est aux abords de Chauringhi et entre le Fort et Esplanade Row : là sont les monuments qui peuplent, maigrement il est vrai, l'immensité de la place, et sont destinés à rappeler le souvenir de quelques-uns des hauts fonctionnaires qui ont administré l'Inde, et qu'une simple statue transforme en grands hommes ; artifice ingénieux dont on abuse à Calcutta autant qu'à Paris. Des inscriptions d'une emphase macaulayenne — malheureusement ce n'est point Macaulay qui les a écrites — achèvent la transformation. L'Inde est un pays où il n'est point nécessaire d'être un grand homme pour faire de grandes choses, parce que la matière est si malléable qu'il suffit à la manier du don de la volonté. Inutile de vous arrêter devant les statues de lord Auckland, de lord Hardinge, du comte de Mayo, de sir William Peel, gens distingués pour de grands seigneurs, mais rien de plus. Outram, « le Bayard de l'Orient », est plus intéressant : ce fut un homme d'honneur. Les hommes qui ont fait l'Inde anglaise, de Clive à lord Dalhousie, étaient rarement tourmentés de scrupules trop délicats, même ceux qui étaient le plus chrétiens et le plus puritains — peut-être ceux-là surtout : ils avaient suivi la loi qui semble si simple en Orient et ailleurs, la bonne vieille loi du fort, celle de Napoléon et de Bismarck : Outram fit exception. Il refusa de s'associer à la spoliation des émirs du Sindh, une des plus vilaines gloires de la conquête, et repoussa sa part du butin, exemple rare dans l'histoire militaire de l'Inde. Le héros a, cette fois, inspiré l'artiste, Foley, et la statue équestre d'Outram, lancé en avant, l'épée à la main, la face tournée vers des troupes absentes qu'il emporte à l'assaut, étonne par son élan dans cette série d'œuvres mortes. Plus loin, cette colonne de cinquante-cinq mètres, rapetissée par le désert qui l'entoure, mais d'où l'on a une belle vue de toute la cité, a été élevée à la mémoire de sir David Ochterlony, en signe de reconnaissance tardive. Ochterlony, le pacificateur des Gourkhas, ces adversaires indomptables dont il fit les plus vaillants et les plus fidèles serviteurs de l'Angleterre, après une carrière de cinquante années de service qui remontait presque aux origines de la puissance anglaise, mourut de chagrin, disgracié par le gouvernement de Calcutta pour avoir eu de l'honneur national une idée plus haute que l'idéal officiel du jour.

Le long du quai, entre le Fort et l'avenue de l'Esplanade, s'étendent les jardins d'Eden, qui ne doivent pas leur nom à des souvenirs paradisiaques, mais aux sœurs de lord Auckland, un des gouverneurs d'il y a quarante ans, les misses Eden. La musique y joue tous les soirs, et à deux pas est le terrain du *cricket*, l'indispensable cricket, qui est le centre de la vie anglaise dans l'Inde. La descente de l'Esplanade, à la tombée du jour, rappelle celle des Champs-Élysées ou mieux de Hyde-Park, avec le pittoresque additionnel du coloris éclatant de la domesticité indigène, des palanquins qui passent, des sardars enturbannés, des babous en robe blanche, serviette au bras, des humbles *brichtis* qui déversent le contenu de leurs outres de peau sur les plate-bandes altérées, et des derniers *arghalis* à tête chauve perchés gravement sur le faîte des édifices. Voyez leurs airs de hérons ou de marabouts, profondément absorbés dans leurs méditations sur le monde :

soudain ils prennent une envolée furieuse, pour
s'abattre au loin sur quelque immondice qu'ont
aperçu leurs petits yeux rouges et gorger de
charogne les profondeurs infinies du sac qu'ils
portent sous la gorge, et qui est susceptible de
se gonfler à des proportions inouïes. Les
arghalis étaient jadis les nettoyeurs patentés de
Calcutta, à qui ils donneraient par-dessus le
marché cette haute leçon de morale pratique,
que la philosophie la plus grave se concilie
volontiers avec l'appétit le plus décidé ; leçon
que confirme l'exemple de leurs frères, les
arghalis de l'église anglicane, et, à un étage
inférieur, celui des *munchis* et des *babous,* celui
des *koulins*, qui sont des prêtres, et des *kayath*,
qui sont des scribes.

Les arghalis aiment surtout percher en
bandes sur les murs du Government-House, le
palais de l'homme qui, pendant cinq ans,
incarne cette puissance terrible et irrésistible
que l'on appelle le *Sarkar*. Le Sarkar, c'est le
gouvernement, avec ce quelque chose de mystérieux et de fatal que le mot évoquait jadis et
évoque encore parfois chez nos paysans, mais
intensifié dans l'Inde par l'habitude de l'avatar.

17.

Le Sarkar, pour se faire un sanctuaire digne de lui, ne s'est pas mis tympan en tête, bien qu'il fût alors représenté par une tête puissante, lord Wellesley, qui avait le goût du grand : son architecte, un capitaine Wyatt, a tout simplement reproduit le plan de Kedlestonc-Hall, dans le Derbyshire, riche résidence de campagne construite au siècle dernier, pour un lord Scarsdale, par un architecte écossais d'une certaine réputation, Robert Adam, l'un des deux *Adelphi*. L'édifice comprend une construction centrale, où l'on monte par un magnifique escalier à double rampe, et d'où rayonnent quatre ailes qui s'ouvrent vers les quatre points cardinaux.

C'est là que logent le vice-roi et sa cour ; c'est là que siège le conseil législatif ; c'est de là que partent les décrets qui annexent des royaumes, font et défont les princes, ruinent ou enrichissent les provinces, transforment le régime sous lequel vivent des millions d'âmes ; c'est surtout, par excellence, le lieu où l'on danse, et où l'habit de soirée, le champagne et la comédie de société exercent l'empire le plus absolu qu'ils aient jamais exercé d'un pôle à l'autre. Le palais des vices-rois est peuplé de statues plus nombreuses et aussi banales que celles de l'Esplanade : tous les vices-rois sont là, en marbre ou en couleur, les grands et les petits, de lord Wellesley à M. John Adam, de Hastings à lord Feignmouth. On est tout étonné de rencontrer, au milieu des gouverneurs, les portraits de Louis XV et de Marie Leczinska et les bustes des douze Césars : ce sont, paraît-il, des trophées des guerres du dernier siècle, enlevés sur un vaisseau français.

A l'ouest de Government-House, plus près de la rivière, se dresse la Haute Cour, monument gothique bâti de 1870 à 1872, et inspiré, dit-on, par l'hôtel de ville d'Ypres. Tous les grands-juges de l'Inde sont là, entre autres le premier d'entre eux, sir Elijah Impey, qui sauva son camarade Warren Hastings et assura le triomphe de la politique d'action en pendant si lestement, à la barbe de Junius, le vieux brahmane Nandou Koumar. Ses successeurs heureusement ont plus songé à rendre des arrêts que des services et se sont montrés la plupart dignes du beau titre de Grand-Juge : ils n'ont pas son immortalité.

Autour du palais vice-royal se groupent la plupart des grands établissements de l'État, l'Hôtel de Ville, en style dorique, la Banque de Bengale et la Monnaie, bâtis sur la rivière. Sur le square Dalhousie, sur l'emplacement de l'ancien Fort William, s'élève l'immense bâtisse de l'Hôtel des Postes ; en face d'elle, les Télégraphes. Une dalle marque, devant les Postes, l'emplacement du Trou noir. Il est inutile de vous promener à travers ces palais, qui se ressemblent tous et qui ne laissent pas une image dans l'œil et le souvenir ; à travers la cathédrale anglo-gothique et les hautes églises, qui ne valent que comme documents historiques : leurs tombes et leurs épitaphes seront précieuses un jour, quand on voudra écrire les origines de l'Inde anglaise. Une promenade en voiture à travers Chauringhi et les quartiers voisins suffira pour vous donner l'idée de la Ville des Palais. Les maisons privées, malgré leur uniformité, ne seront pas sans vous charmer, comme charme tout bengalow anglo-indien, avec ses larges vérandas qui aspirent l'air, ses ailes étendues et basses, et surtout le massif de verdure où il se perd ; et, si vous

vous rappelez qu'il y a un siècle tous ces riches quartiers étaient le séjour d'Aranyani, la déesse de la forêt, avec son manteau de fièvres et son cortège de tigres, vous rendrez hommage à la puissante énergie de l'Anglo-Saxon. Une force de volonté si triomphante et si créatrice, bien qu'elle ne puisse aller sans égoïsme ni dureté, approche du génie et devient presque une vertu.

De la ville blanche à la ville noire, le contraste est frappant. On a défini Calcutta : une ville de palais par devant, d'étables à porcs par derrière. La ville noire s'étend au nord et à l'est de la ville blanche : c'est une accumulation de *bastis*, c'est-à-dire de villages composés de huttes de torchis. Si la ville anglaise n'a point de caractère, la ville noire en a moins encore : le Calcutta noir est né du Calcutta blanc, et par suite n'a rien pu créer. C'est le cas de toutes ces grandes agglomérations nées autour d'établissements européens, de Madras et même de Bombay aussi bien que de Calcutta. Il faut sans doute bien des *mandars* et bien des mosquées pour les besoins religieux de quatre cent mille Hindous et de deux cent mille Musulmans, mais on serait en peine de citer un seul monument artistique ou qui ait des prétentions d'art, sauf la mosquée de la rue Dharmtola. Cette mosquée fut bâtie en 1842, par le prince Ghoulam Mohammed, fils du sultan Tippo-Sahib, « en reconnaissance à Dieu, dit l'inscription, et en souvenir de ce que l'honorable Cour des directeurs lui a accordé les arriérés de sa pension en 1840 ». Que dirait le tigre de Maysore si, du haut du Paradis des braves, il pouvait voir cette mosquée et lire cette inscription ?

La fièvre et le choléra étaient jadis endémiques à Calcutta. La municipalité a fait des merveilles pour assainir la ville noire : elle y a lancé de larges avenues ; elle a creusé un réseau d'égouts souterrains de cent cinquante milles, qui envoie toute l'ordure de la métropole au lac Salé à l'aide de pompes et même de railways : la pente de Calcutta est si malheureuse qu'autrement elle porterait volontiers toute l'infection du côté de la rivière. La police a défendu de jeter les morts et les mourants au fil du Gange sacré, au risque de rendre plus difficile aux morts l'accès du Paradis et de

priver les touristes qui remontent le Gange
d'une horreur pittoresque, dont ils se passent
volontiers d'ailleurs. Les cadavres ne se brûlent
plus qu'à certaines ghats déterminées. Les Hindous n'ont plus la liberté de mourir, de
pourrir et d'infecter les vivants à leur gré, et
c'est peut-être de toutes les libertés celle qu'ils
regrettent le plus.

Le bazar de Calcutta n'a pas les splendeurs
de celui de Stamboul ou le pittoresque de celui
de Bénarès. Il n'y a pas un art de Calcutta :
c'est une ville de commerce, et l'industrie qui
s'y développe à grands pas et qui a jeté de
l'autre côté de la rivière un faubourg de deux
cent mille âmes, Haourah, est une industrie
à l'européenne. Les hideuses cheminées d'usines
commencent à faire un Manchester aux bords
du Gange : c'est là qu'on prépare la fibre de
jute pour les sacs de céréales : il faut qu'elles
fument à toute vapeur pour produire les dix
millions de quintaux que l'étranger demande.
En amont de la ville, on fond des canons à
Kosipour.

L'intérêt de la ville noire est tout entier
dans le mouvement intellectuel et politique qui

y fermente. L'Hindou de Calcutta ne représente pas une ancienne tradition, puisqu'il est venu d'hier et appelé par l'étranger : il représente une chose nouvelle qui commence à se dégager, ce que l'on appelle la jeune Inde ou l'Inde nouvelle, *Young India*. La jeune Inde, c'est l'Inde européanisée à divers degrés. Le souple esprit bengali ne pouvait pas longtemps rester en contact avec l'esprit européen sans qu'il en prît une empreinte plus ou moins profonde. L'instruction européenne, l'étude des classiques et des littératures vivantes, de l'histoire ancienne et moderne, de la philosophie, des sciences naturelles, sont descendues de l'Université, ont pénétré les couches profondes, ont éveillé des aspirations et des ambitions inconnues auparavant. Une classe nouvelle s'est formée d'Indiens anglicisés, qui malheureusement n'est pas toujours recrutée et ne peut pas se recruter dans l'élite de la population : les hautes castes, qui ont leurs traditions et leur orgueil de race, restent généralement fidèles à l'ancienne culture. La masse qui constitue cette classe n'est pas allée vers la civilisation européenne, attirée par une pure curiosité intellectuelle et par le sentiment de sa supériorité : elle y va en quête de places. Pour entrer comme *babou* dans une quelconque des places inférieures que l'Angleterre ouvre aux indigènes, il faut parler et écrire l'anglais, et tout ce qui veut gagner trente roupies par mois au budget de l'Inde envahit les écoles du gouvernement et les universités. Trois cents candidats pour une place de soixante francs ! Que pourront faire les deux cent quatre-vingt-dix-neuf candidats malheureux qui ne savent plus vivre de la vie modeste et sans besoins de leurs pères ? Mourir de faim ou grossir les rangs des politiciens : c'est ce qu'ils font. Infatués des connaissances superficielles qu'ils ont prises à l'université, gonflés des formules européennes, déjà si vides en Europe quand l'esprit n'est pas là pour les remplir, ils forment une classe immense de déclassés, qui ressemblent étrangement aux nôtres, aussi bruyants, aussi étroits, aussi nuls, quelques-uns même désintéressés, avec cette différence que les formules dont ils se gonflent sont empruntées à une civilisation et à des traditions exotiques, et qu'il y a pour eux un double abîme entre la lettre et l'esprit. Ce qu'ils poursuivent en réalité, ce n'est ni l'indépendance nationale, ni l'autonomie locale sous le protectorat anglais : c'est simplement l'accès aux hautes fonctions administratives, la domination politique sur les autres castes, sous la protection des armes anglaises.

Mais il faut juger une génération non par sa moyenne, mais par son élite. La moyenne est toujours et partout médiocre et égoïste : l'élite seule nous apprend ce dont une race est capable ; et des exemples éclatants ont montré que la fusion de l'esprit européen et de l'esprit indien n'est pas toujours nécessairement un produit inférieur qui a les vices des deux germes, mais qu'elle peut aussi produire des créations originales et nobles. Si jusqu'à présent elle a enfanté surtout des politiciens, des journalistes, des avocats, des parodistes emphatiques de nos tribuns de troisième ordre, elle a éveillé aussi dans la conscience des plus purs des ambitions plus nobles et plus désintéressées : elle a suscité les apôtres d'une religion nouvelle qui veut purifier l'Hindouisme de ses superstitions et de ses duretés, réunir dans une foi commune Hindous, Musulmans, Européens. Ce sont les hommes de Brahma-Samâj ou brahmoïsme. Le fondateur ou plutôt le précurseur fut un brahmane, Râm Mohun Roy, qui s'imagina que le brahmanisme était la corruption d'un monothéisme primitif dont les Védas auraient contenu l'expression, oubliée depuis par ses infidèles interprètes : il entreprit donc de fonder, ou, comme il croyait, de rétablir le théisme dans l'Inde. Son disciple et successeur, Devendra-Nath, en cherchant dans les Védas, sur la parole du maître, la confirmation des doctrines théistes, reconnut avec terreur qu'elles n'y étaient pas. Il fallait choisir entre la raison et les Védas : il choisit pour la raison, et jeta les Védas par-dessus bord. Il formula le Brahma-Dharma, religion purement naturelle, et ouvrit les portes de l'église à toutes les castes sans distinction.

Il fallait un apôtre : Keshub Chander Sen parut. D'une éloquence entraînante, armé de toutes les ressources de la pensée européenne et de toutes les magies de l'imagination orientale, il fit une religion de ce qui n'était jusqu'alors qu'une secte philosophique. Il rompt avec Devendra-Nath, qui est trop timide et qui conserve une partie des usages du brahmanisme, tout en repoussant ses dogmes ; il s'attaque aux deux hontes morales de la société indienne : les mariages d'enfants et le veuvage éternel des veuves enfants. Le mouvement religieux se manifestait enfin pour la première fois dans l'Inde, non plus par le mysticisme inerte ou la débauche, mais par la réforme des mœurs et le relèvement de la personne humaine. Des missionnaires allèrent porter la bonne nouvelle à travers l'Inde : en 1876, il y avait cent vingt-huit communautés.

Keshub Chander Sen fut malheureusement infidèle à sa mission : son succès le perdit. Son enthousiasme contagieux s'alimentait aux sources troublantes de l'extase : il se crut inspiré, et, suivant la pente fatale de l'Inde, l'apôtre devint Dieu. Abandonné de la partie la plus saine de son église, il fonda la Dispensation nouvelle, le Navavidhâna, qui concilie Vichnou et le Christ, non plus comme faisait le brahmoïsme dans l'unité de conscience et de morale, mais dans l'unité mystique de l'incarnation. Il meurt, âgé de quarante ans, en 1886, au moment où il entre dans cette voie nouvelle. Privé de cette voix puissante, le brahmoïsme n'a plus fait que végéter : à Calcutta, son berceau et son centre, il ne compte que cinq cents adhérents. Mais une religion mesure sa force moins par le nombre de ses adhérents que par son action sur les masses et sur les mouvements qui sont en dehors de son cercle direct. La réforme du mariage, et par là de la famille et de toute la société indienne, que poursuivait le brahmoïsme, se continue à présent en dehors du brahmoïsme : c'est un parsi, Malabari, qui est l'héritier de Keshub Chander, et sa croisade enthousiaste et opiniâtre a atteint un résultat inespéré ; non seulement elle a posé la question devant le public anglais, mais elle l'a imposée aux méditations des hommes d'État, malgré leur répugnance d'hommes d'État anglais à entrer dans le domaine obscur de la conscience et de l'instinct d'un peuple.

Avant de quitter Calcutta, et pour le quitter sur une impression plus fraîche, vous irez en pèlerinage au faubourg de Maniktola, sur la route de Baugmari : c'est là qu'est morte à vingt-deux ans la pauvre petite Toru Dutt : le seul poète que l'Inde de ce siècle ait porté. Elle appartient un peu à la France, car elle y passa quelques-unes de ses années d'étude, traduisit ses poètes, écrivit un roman dans sa langue, pleura ses malheurs et l'aima de tout cœur. Peut-être retrouverez-vous à Baugmari le casuarina bien-aimé dans les branches duquel elle écoutait le vent gémir : « Le long du tronc, jusqu'au sommet qui touche les astres, tel qu'un python monstrueux, s'enroule une plante grimpante dont les embrassements étoufferaient toute autre plante... Mais le géant porte vaillamment l'écharpe, les fleurs pendent à toutes les branches en grappes cramoisies, l'oiseau et l'abeille s'y rassemblent tout le jour, et souvent, la nuit, tout le jardin déborde d'un doux chant qui n'en finit pas et qui tombe de l'arbre dans les ténèbres... »

*The garden overflows*
*With one sweet song that seem to have no close,*
*Sung darkling from our tree, while we repose.*

Mais il est temps de quitter Calcutta : ce

n'est point de ces villes dont on s'arrache à
regret ; les vice-rois de l'Inde le savent bien,
car ils y restent le moins qu'ils peuvent, les
quatre mois d'hiver, où il fait frais et où l'on
danse. Huit mois de l'année, le Gouvernement
est en villégiature dans les hauteurs de
l'Himalaya, à Simla, à mille cinq cents kilomètres de la capitale. Le commerce de Calcutta
proteste en vain contre l'*Exode* qui le ruine :
les chaleurs étouffantes et les fièvres du Bas-
Bengale n'ont rien qui attire le vice-roi et ses
aides de camp, et si l'agitation de Calcutta
arrive à ruiner Simla, ce sera au profit d'une
capitale plus jeune et mieux située : Bombay,
qui regarde l'Europe et en est plus proche de
trois journées, ou la fraîche Pouna, la ville
aux sept collines. Calcutta a été capitale plus
d'un siècle, ce qui est beaucoup dans une terre
d'alluvion comme celle du Bengale, où tout se
déplace et roule au gré de la vague. Les
Anglais n'ont pu élever de monument sur le
champ de Plassey, où Clive fonda leur empire :
le Gange a emporté à la mer le champ de victoire, pour obstruer l'estuaire de la capitale.
Le commerce essaie de nouveaux canaux sans

succès : avant un siècle peut-être la prodigieuse
capitale aura augmenté le nombre des capitales
mortes, Gor, Parniya, Mourchidabad. L'exode
de Simla ne fait que devancer la justice du
fleuve. Je sais un voyageur qui, ayant passé
trois jours à Calcutta, n'a trouvé à mettre sur
son carnet de voyage que ces trois lignes [1] :

« CALCUTTA. *Ancienne capitale de l'Inde
anglaise. Un vieil usage veut que le vice-roi
retourne y danser tous les hivers.* »

1. *Lettres sur l'Inde*, Lemerre, 1888.

# DEUX LIVRES INDIGÈNES

## I

*Visha-vriksha*, *l'Arbre-poison*, est un roman bengali, écrit par le premier romancier de la Présidence, le babou Bankim Chandra Chatterjee. Il a fait grand bruit au Bengale, comme roman de mœurs contemporaines, le premier, paraît-il, qui ait été écrit là-bas. Or, une chose inattendue, c'est que cette inovation hardie s'est faite aux dépens des novateurs hindous, libres-penseurs, déistes, membres du Brahmo Samadj et autres esprits forts en rupture de brahmanisme qui rompent du même coup, si l'on en croit notre romancier, avec la morale des humbles d'esprit : vous voyez que le *Visha-*

18

*vriksha* pouvait être écrit en Europe. C'est ce que s'est dit Mrs Knight qui, en une langue très délicate et très *quaint*, présente notre Octave Feuillet bengali au public européen. *L'Arbre-poison* est en partie le *Jacques* de George Sand retourné. Nagendra et sa femme, Surya Mukhi, ont recueilli une pauvre orpheline, Kunda Nandini ; il arrive, comme de juste, que Nagendra se prend d'amour pour sa protégée, qui le lui rend sans oser se l'avouer. La pauvre Surya Mukhi s'aperçoit de leur amour ; elle se sacrifie, veut mourir pour rendre sa liberté à Nagendra et disparaît : Nagendra épouse Kunda et du même instant tout le bonheur de Kunda s'effondre dans le remords ; l'amour de Nagendra n'a duré qu'un jour, il la méprise et la hait, et la punit de sa propre lâcheté. A la fin, Surya Mukhi se retrouve et Kunda s'empoisonne pour les rendre l'un à l'autre. Jetez dans cette intrigue une infinité de paysages indiens, des descriptions à la Kalidasa, des apparitions surnaturelles, une figure de beauté sombre et fatale, Hira, le mauvais génie de toute cette famille, la servante jalouse qui sème le poison entre ses deux maîtresses ;

le réformateur Debendra, petit maître formé à
Calcutta à tous les vices de la nouvelle génération plus éclairée et qui, revenu dans son
village, s'intitule Réformateur, ouvre un Brahmo
Samadj, prêche le mariage des veuves, songe
même à fonder une école de filles, fume son
*huka* et vide les bouteilles.

Beaucoup d'enfantillages et de détails qui
font sourire, mais aussi des traits d'une douceur
et d'une âme pénétrante. Voici comment l'auteur nous présente Kunda :

« Il faisait nuit. Dans la maison en ruines
Kunda Nandini était assise près du cadavre de
son père. Elle appelait : « Père ! » personne ne
répondait. Une fois elle pensait qu'il dormait,
une autre fois qu'il était mort, mais cette idée-
là elle ne la voyait pas bien. A la fin elle n'eut
plus la force ni d'appeler ni de penser.
L'éventail se remuait encore dans sa main
dans la direction du mort. *A la fin elle se dit
que décidément il était endormi ; car s'il était mort,
que deviendrait-elle ?* »

Elle meurt aux pieds de Nagendra avec de
doux reproches. Ce jour-là elle fut éloquente, car
c'était son dernier jour avec lui. Elle lui dit :

Fi ! ne restez pas ainsi sans mot dire ; si je ne
vois pas un sourire sur vos lèvres tandis que
je meurs, je ne mourrai pas heureuse. — *C'est
ainsi que Surya Mukhi avait parlé, elle aussi ;
dans la mort elles sont toutes les mêmes.* »

Presque à chaque page on trouve de ces
traits qui font passer sur bien des choses,
même sur l'égoïsme du héros masculin que
l'auteur n'a point l'air de soupçonner, et qui,
suivant la morale indienne, n'a rien que de
légitime, et a cet avantage de donner l'occasion
à la femme d'exercer envers lui ses *devoirs* de
dévouement et de sacrifice à outrance. Nous
ne lui reprocherons pas non plus le décousu
et les incohérences du récit, ou plutôt si, nous
le ferons, afin d'avoir le plaisir de l'entendre
redire à notre adresse l'histoire de Kalidasa et
de la bouquetière :

« Kalidasa se fournissait de fleurs près
d'une *Malini*. Pauvre brahmane, il ne pouvait
payer les fleurs, et en échange il lisait de ses
vers à la bouquetière. Un jour, dans l'étang
de la Malini poussa un lys d'une beauté sans
pareille. Elle le cueillit et l'offrit à Kalidasa.
En retour, il lui lut quelques vers du *Meghaduta*

*(le Nuage messager)*. Ce poème est un océan de poésie, mais vous savez que les premiers vers sont faibles. La Malini les goûta peu et, ennuyée, se leva pour partir.

— Amie bouquetière, dit le poète, vous partez ?

— Vos vers n'ont pas de saveur, répondit la Malini.

— O Malini, vous n'arriverez jamais au ciel.

— Pourquoi donc pas ?

— Il faut monter un escalier pour arriver au ciel, un escalier d'un million de marches. Mon poème aussi a un escalier : ces vers insipides sont les degrés. Si vous ne pouvez monter ces quelques marches, comment monterez-vous l'escalier du ciel ?

» Alors la Malini, craignant de perdre le ciel par la malédiction d'un brahmane, écouta le *Meghaduta* du commencement à la fin. Elle admira le poème, et, le jour suivant, liant une guirlande de fleurs au nom du dieu de l'Amour, elle en couronna les tempes du poète. »

18.

II

Depuis une vingtaine d'années il y a réelle-
ment une littérature anglaise d'origine hindoue.
Les hautes classes dans l'Inde ont franche-
ment accepté l'anglais — je parle du langage,
non du peuple — et non seulement le parlent,
mais l'écrivent. Cet anglais n'est point celui de
Londres, mais ce n'est point non plus un
patois ou une langue mixte : on le reconnaît
aisément sans pouvoir dire exactement à quel
signe ; peut-être à une certaine familiarité
exotique, la familiarité d'un étranger entrant
dans un salon dont il connaît les usages et les
conventions, sans en avoir le *sentiment*. Dans

l'obscur problème de l'avenir de l'Inde, cette génération nouvelle, instruite dans les sciences et les théories de l'Europe, sans avoir été élevée dans ses mœurs et sa tradition, représente une inconnue formidable. La demi-diffusion de l'instruction européenne a créé toute une armée de déclassés, qui ne sont plus Hindous de cœur ni de pensée et qui ne sont pas Anglais, dont toute l'ambition est de devenir fonctionnaires (cinq cents concurrents pour une place de trente roupies par mois) et qui tôt ou tard vont grossir les rangs des politiciens de fantaisie et des intransigeants de la presse indigène. Je parle de la masse : car la fusion des deux esprits s'est faite avec originalité et éclat dans quelques intelligences d'élite ; un apôtre comme Keshub Chander Sen, le plus éloquent fondateur de religion qui ait paru en ce siècle ; un poète comme la pauvre petite Toru Dutt, une des plus gracieuses et touchantes apparitions de la Muse indienne ; un savant, même comme Rajendralal Mitra, sont des âmes et des intelligences dont toute nation serait fière.

Dans la génération contemporaine, M. Malabari est un des spécimens les plus remarquables du Néo-Hindou. Parsi de naissance, il représente le parti avancé dans le parsisme, qui lui-même, comme on sait, représente l'extrême avance de l'Inde vers l'Europe. Il a été élevé par des missionnaires chrétiens dont la vie a eu sur lui plus d'influence que la doctrine et lui a inspiré un profond sentiment de respect pour le christianisme, sans rien lui révéler qui fût de nature à lui en faire adopter les dogmes. En sortant de leurs mains, il a demandé conseil à l'hindouisme et à l'islamisme, les deux grandes religions de l'Inde, et il a rapporté de ses pérégrinations religieuses la conclusion que cela ne valait pas la peine de sortir en règle d'une religion, aussi peu gênante — quand on ne la pratique pas — que celle de Zoroastre, et il a trouvé la paix dans un déisme inoffensif qui prédispose fort bien à la tolérance.

M. Malabari, à peine âgé de trente-cinq ans, a commencé sa trouée littéraire il y a près de vingt ans. Il fit ses débuts comme poète en deux langues : en anglais et en guzerati. Le guzerati est la langue des Parsis de Bombay,

dont le Guzerat fut, comme on sait, le premier
asile et est encore le centre le plus important
après Bombay. Ces poésies furent accueillies
avec enthousiasme par ses compatriotes hindous et parsis, — par ceux-ci surtout : c'était
leur premier poète, — et avec beaucoup de
sympathie par les indophiles de Londres et de
l'Hindoustan. On pouvait dire du jeune poète
hindou, lui aussi :

*Hinc cui Barbaries, alque illinc India plaudit.*

Son dernier recueil, les *Chants d'amitié
(Surôdi ittifâq)*, contient des imitations de
Tennyson, lequel, au dire des critiques guze-
ratis, aurait gagné au passage d'une façon
éclatante. Mais le jeune poète était avant tout
un homme d'action. Il avait formé une haute
et noble ambition ; il rêvait à la fois d'être
parmi ses compatriotes l'interprète de la civilisation et des idées modernes, et devant
l'Angleterre l'avocat des souffrances et des
droits de ses frères. Pour la première de ces
deux tâches, il s'y prit d'une façon originale
et très élevée : il entreprit de faire passer dans
le courant de la pensée hindoue, par des tra-

ductions faites dans les divers dialectes populaires — en fait, de véritables langues,
quelques-unes parlées par vingt-cinq millions
d'âmes — les principales synthèses auxquelles
ont donné naissance en Europe les études religieuses relatives à l'Inde. Il débuta par la traduction des *Hibbert Lectures* de M. Max Muller,
qui sont, comme on sait, une glorification en
règle des religions de l'Inde et de l'esprit
hindou, considéré comme le représentant le
plus pur de l'esprit aryen. Le livre était fait
pour plaire à l'orgueil hindou et le choix
était heureux. M. Malabari devait en publier
successivement des traductions, faites par lui
ou par d'autres, en guzerati, en sanscrit, en
marathi, en bengali, en hindi et en tamoul.
C'était pour lui l'œuvre sainte de sa vie, son
*Samarpana*. Écoutez en quels termes religieux
il l'annonçait :

« Chaque homme a son ambition : ceci est
l'ambition d'une partie de ma vie. Si cette
traduction apporte la paix à quelqu'un de mes
frères aryens au milieu des troubles du monde;
si elle lui rappelle les exploits de ses illustres
ancêtres; s'il trouve dans mon faible effort un

secours pour comprendre le *Paramánanda* ou la *Félicité suprême*, le *Paramâtma* qui est l'Être suprême, le Non-né, l'Infini, l'Immortel, dont un regard reflète toute l'étendue de l'univers ; si cette tentative réussit à faire pénétrer mes compatriotes dans la pensée de l'incomparable Aryo-Germain, le mouni Max Muller, qui a consacré toute sa vie à l'interprétation des deux plus grands phénomènes de l'histoire humaine, la foi aryenne et la langue aryenne, — alors je pourrai sentir la satisfaction d'avoir atteint mon but sacré. »

Pour faire aboutir l'entreprise il fallait de l'argent, et pour avoir de l'argent, il fallait éveiller l'intérêt du public indien. M. Malabari parcourut la péninsule d'un bout à l'autre et le succès dépassa tout ce qu'il pouvait attendre. Toute la presse indigène encouragea l'entreprise ; Keshub Chander Sen et Rajendralal Mitra donnèrent l'autorité de leur nom, la maharani Surnomoye souscrivit mille roupies et les frais de la traduction guzeratic, qui parut la première, furent en partie couverts par les souscriptions du Bengale : c'est la première œuvre qui ait révélé en Inde quelque chose

comme une unité nationale. Depuis a paru
une traduction marathie, dédiée au guikovar
de Baroda :

« Puissent ces pages, dit la dédicace de
M. Malabari, avoir le privilège de fortifier dans
Votre Altesse les idées de loi et d'ordre, de vous
donner une conception plus claire de l'Infini
et de l'Éternel, de vous conduire à l'étude de
votre Moi réel, de vous mettre face à face avec
le Moi suprême et universel, et vous inspirer
une vie dégagée d'égoïsme et toujours utile ! »

L'effort de M. Malabari aboutira-t-il à trans-
former les dialectes populaires en langues
capables de supporter l'expression d'idées abstraites et scientifiques ? Jusqu'à présent la
science et la philosophie n'ont dans l'Inde que
deux langues à leur service, le sanscrit, langue
morte, et l'anglais, langue étrangère. Le problème consiste à éliminer l'anglais en élevant
les dialectes populaires et vivants à la hauteur
abstraite du sanscrit : c'est ce qu'a tenté
M. Malabari en empruntant à la lexicographie
sanscrite tout son vocabulaire philosophique et
abstrait, comme chez nous, en Europe, nous
avons emprunté au latin et au grec l'expression

de toutes les idées qui dépassaient les ressources des dialectes populaires.

« Nul langage, observait à ce propos un
journal hindou, n'a une plus noble destinée
que le langage anglo-saxon : mais l'on commence à sentir que faire de l'anglais la langue
nationale de l'Inde est un rêve de visionnaire.
Ce rêve ne sera jamais réalisé, et dans l'intérêt
véritable du peuple, il n'est pas à désirer qu'il
se réalise. L'Inde doit avoir sa littérature
nationale à elle : à proprement parler, chaque
province doit avoir son dialecte à elle comme
elle a son administration distincte, chaque
dialecte dépendant également du sanscrit,
comme chaque gouvernement provincial dé-
pend de l'autorité centrale. »

Ce n'était là que la première tâche de M. Malabari ; restait la seconde, parler à l'Angleterre
au nom de l'Inde. Il fonda à cet objet un
journal hebdomadaire, l'*Indian Spectator*, qui a
rapidement pris le premier rang dans la presse
indienne et qui le mérite par l'indépendance
et la modération des idées, la hauteur du pro-
gramme, la franchise et l'énergie du style.
M. Malabari n'est pas un anglophobe, il est

19

*loyal*; il sait parfaitement que pendant longtemps encore la domination anglaise sera une
nécessité pour l'Inde et un bienfait, au moins
relatif; que sans elle l'Inde retomberait bien
vite dans une anarchie dont celle du siècle
dernier ne donne qu'une faible idée : car aux
anciennes causes, toujours vivantes, l'introduction incomplète de la civilisation européenne ajoute des éléments nouveaux de trouble,
en créant des prétentions et des ambitions
nouvelles, sans avoir créé une force morale
pour les modérer ou les diriger. Mais s'il est
sujet loyal de la reine, il sait voir et dénoncer
les fautes des fonctionnaires de la reine et
l'orgueil de la race anglo-indienne. Il n'est
point russophile, mais dès le commencement
des affaires afghanes il a vu que l'Inde ne
pouvait être défendue que dans l'Inde, qu'il
était insensé d'aller chercher les Russes sur
leur terrain, qu'il fallait les attendre chez soi
et leur laisser le soin de traverser l'hostilité
afghane. Cette politique, enfin adoptée par
l'Angleterre sous la pression d'une défaite morale, a été prêchée depuis deux ans dans l'*Indian Spectator*, et à une époque où on pouvait

encore l'adopter par choix et sans humiliation. Mais c'est surtout dans les questions sociales que M. Malabari a pris une belle et généreuse initiative. L'Inde aussi a ses question sociales, mais sous des formes que, par bonheur, nous ne connaissons pas : le mariage des enfants (*infantile marriage*), fiancés dès le berceau par les parents, souvent vendus en mariage, est une des plaies et des hontes de l'Inde ; la défense pour les veuves de se remarier en est une autre : il arrive journellement qu'une enfant, fiancée au berceau, mariée à dix ans, veuve à douze, est condamnée pour le reste de ses jours à l'isolement et à la misère. M. Malabari a organisé contre ces deux plaies une agitation qui a soulevé d'un bout à l'autre de la péninsule des sympathies douloureuses et ardentes et qui, espérons-le, aboutira, en dépit de l'auteur du *Visha-vriksha*.

Il y a quelques années, M. Malabari publiait en anglais un livre d'esquisses de la vie indienne dans le Guzerat. Le livre eut du succès, il vient d'avoir une seconde édition ; c'est la première fois, je crois, que pareille chose arrive à un livre écrit par un Hindou pour le

lecteur anglais. Il mérite son succès : l'auteur
a la vision des âmes et des choses, le trait bref
et pénétrant, quelques-unes des vertus du
grand écrivain. Il arrive souvent à l'éloquence
par l'humour indignée : l'éloquence directe est
rare dans l'Inde, elle se confond immédiate-
ment avec la déclamation : Keshub Chander
Sen fait seul exception. M. Malabari, qui n'a
nul préjugé de race ni de caste, nous fait connaître avec une impartialité égale Hindous,
Parsis, Musulmans, sans cacher aucune de
leurs misères morales ni taire aucun des « traits
qui rachètent ». Que de types curieux, au
fond universels, mais nouveaux pour nous par
le déguisement, depuis le Marvari, le Shylock
indien, jusqu'au Hajaam, le barbier de village
qui, malgré son nom exotique, a toutes les
qualités de son confrère d'Europe ; depuis le
Vakil, le procureur, bête étrange visible dans
sa cage tous les jours pour trois roupies, jusqu'au médecin qui s'appelle Vaid, s'il tue en
marmottant les Vedas, et Hakim, s'il empoisonne en marmottant le Coran, dans les deux
systèmes d'ailleurs également âpres sur les
honoraires.

M. Malabari n'a point pour les Musulmans l'antipathie à la mode en Europe et ne dissimule pas leur supériorité morale sur leurs compatriotes hindous. Leur aristocratie, descendue des anciens maîtres de l'Inde, a les vertus et les faiblesses des maîtres déchus qui se souviennent.

« Ils aiment mieux emprunter que travailler, et mourir de faim que mendier. »

Ils vivent dans l'attente perpétuelle d'un retour de fortune qui ne vient pas.

« Pauvres gens ! Comme amis je les ai toujours trouvés fidèles et vrais. Même dans l'abjecte pauvreté ils gardent un air de noblesse (gentility), auquel ils tiennent plus qu'à la vie. »

L'orgueil de race les a livrés pieds et poings liés à l'exploitation du Banian, l'homme d'affaires indien, insinuant, humble, rapace, qui bâtit en silence sa fortune sur la ruine de son maître. M. Malabari nous livre un feuillet détaché d'une autobiographie de fantaisie de l'un d'eux, son ami Nyalchand, intendant du Mir Bakhtavar Khan. C'est l'éternelle histoire de la fin des races héroïques dans un âge de bourgeoisie et d'affaires. Le Mir avait dix-neuf ans, il venait de se marier, et avait installé Nyalchand comme intendant. Il ne pouvait, et, s'il avait pu, n'aurait pas voulu s'occuper des affaires, c'était chose au-dessous de lui.

Le Mir, dit Nyalchand, passait son temps au gynécée. Il était si passionnément amoureux de sa femme qu'il ne lui donna jamais de rivale. Tout le jour long, ils restaient ensemble, le couple infatué, tant ils étaient absorbés dans leur bonheur nouveau né. Pour moi, célibataire hindou, c'était chose choquante de voir un homme s'oublier comme faisait le Mir ».

Il ne paraissait que quand il avait besoin d'argent. Vint un héritier : fêtes et réjouissances. Les demandes d'argent de se multiplier : Nyalchand répond à tous les besoins avec un sourire :

« Pas une roupie ne passait par mes mains qu'il n'en restât quelque chose dans ma poche ; *il faut bien que les pauvres gens vivent, d'autant plus qu'il devenait clair que mon maître courait à sa ruine.* »

Sept ans se passèrent : l'argent se faisait rare, l'intendant dut vendre des bijoux, hypo-

théquer les maisons ; une, dans le nombre, à
Nyalchand, sous le nom de son oncle. Nyalchand se maria : inutile de dire que son maître
et sa maîtresse payèrent les frais du mariage,
environ trois mille roupies : il fallut bien pour
cela vendre quelques bijoux, « mais ces gens
trouvaient autant de plaisir à s'en défaire pour
faire un heureux qu'ils en avaient eu à les
acheter ». Bientôt il fallut vendre les sabres
magnifiquement montés, les splendides manuscrits persans enluminés, qui passèrent de la
maison du Mir dans celle de son intendant.

« L'enfant tomba malade : jour et nuit le
médecin veilla près de l'enfant, jour et nuit
le prêtre pria auprès. La mère me donna à
vendre son dernier anneau, son anneau de
fiançailles. Mais nulle puissance humaine ne
pouvait plus sauver l'enfant. »

Il fallait l'ensevelir : la mère demande
Nyalchand ; c'était la première fois qu'elle se
montrait à lui.

« Elle était en robe de nuit, d'une beauté
vraiment divine, avec ce cachet sacré que
donne la souffrance et devant lequel on ne
peut s'empêcher de s'incliner. Je m'inclinai

devant elle, le cœur tremblant de mille petites agitations.

— Vois-tu, Nyalchand, dit-elle, il faut sauver l'honneur de ton maître ; il faut des funérailles décentes à mon enfant. Ne reste-t-il rien, rien à vendre?

— Je n'avais point d'argent et n'en pouvais pas emprunter; la seule chance était chez le vieux Mir. J'allai lui annoncer la mort de son petit-fils ; lui-même était malade et mourant ; mais, sans faire une question, il me fit donner cent roupies. »

Quelques jours après, le vieux Mir mourut, laissant vingt mille roupies à son fils. Les dettes payées, — la plupart étaient des dettes envers Nyalchand — il en restait quatre mille au Mir. Il était anéanti depuis la mort de son enfant. Nyalchand offrit sa démission à sa femme qui accepta et reconnut qu'il avait bien le droit de songer à ses intérêts après avoir tant souffert à leur service. Elle écrivit à la femme du gouverneur une lettre en persan, où elle disait son histoire et faisait valoir des créances anciennes de sa famille sur le gouvernement. Le gouverneur fut touché et

accorda au Mir une pension de cinq cents roupies. Nyalchand est à présent un riche marchand très respecté : dans la rue, son maître
le reconnaît à peine. On dit que sa maîtresse
a des cheveux gris ; mais ni la vieillesse pré-
maturée, ni les souffrances du passé, ni les
angoisses du présent et de l'avenir, n'ont pu
altérer son dévouement à son mari. Elle vit
pour lui et de lui ; elle est son seul serviteur.
Elle trouve encore moyen d'être charitable, et
le vendredi elle donne tout ce qu'elle peut aux
pauvres. Nyalchand se sent quelquefois mal à
l'aise quand il songe au passé ; mais, voyez-
vous, il faut bien que les pauvres gens vivent.

Telle est l'histoire du Mir Bakhtavar Khan
et du marchand Nyalchand, d'Ahmed-Abad.

# UN MAGE A PARIS

Le *Journal des Débats* contait dernièrement à
ses lecteurs les impressions de Sa Majesté
Iranienne Nasser-Eddin, hôte de la République
durant l'Exposition universelle. Voici venir de
Bombay les impressions d'un autre enfant de
l'Iran, de bon vieux sang persan, plus pur que
le rois des rois, qui après tout n'est qu'un
Turc Cadjar, tandis que notre ami est un
mage, un vrai mage, un mage authentique,
— rien du Sâr Péladan ni même de M. Riche-
pin, — un descendant de ces prêtres de
Zoroastre qui, après la conquête arabe, allèrent
chercher sur la terre hospitalière de l'Inde un

abri pour leur feu sacré. Jivanji Jamshidji
Modi ne porte pas le koula constellé de dia-
mants du Chahin-chah ; il porte la toque
blanche du Mobed, et c'est pourquoi Paris lui
a parlé un autre langage qu'à Sa Majesté. Le
roi, homme d'action, est un poète romantique,
plus frappé du contour extérieur des choses
et des couleurs de la réalité ; le prêtre creuse
au fond des âmes.

Le Mobed Jivanji est prêtre de l'Agyari ou
chapelle du feu de Colaba, cette langue de
terre qui prolonge Bombay dans la mer au
delà du port d'Apollon. C'est un des membres
les plus actifs, les plus intelligents et les plus
ouverts de la nouvelle génération. Il quitta
Bombay vers la même époque que le Shah
quittait Téhéran, malgré la vieille prescription
qui défend à sa caste de franchir les mers et
qui avait jadis arrêté le roi mage Tiridate
invité aux fêtes de Néron. Il se rendit droit
non à Paris, mais à Stockholm : il se tenait là
un congrès orientaliste demeuré célèbre : il y
fut tout un Orient à lui seul, et fut porté en
triomphe, dans sa robe blanche, par les étudiants et autres *talibi ilm* enthousiasmés. De là

il se rendit à Paris, où il resta six semaines, visitant tout, écoutant tout, recueillant de la bouche des enfants des chansons populaires, récoltant le *folk-lore* parisien pour l'édification de la *mandli* ethnographique de Bombay, se faisant célébrer des messes dans l'église de la rue de Rennes, faisant des lectures à l'Institut; de là, il alla à Vienne, à Constantinople, à Athènes; il alla réciter à Marathon les prières funèbres et l'Afrigan Dahman pour le salut de l'âme de ses ancêtres, qui périrent là sous les coups de Miltiade et des Yavanas et rentra enfin à Bombay après avoir interrogé le Sphinx et les Pyramides. Le 25 novembre 1891, il rendait compte de ses impressions sur Paris, devant ce cercle littéraire fondé récemment à Bombay, par des Parsis amis de la France et de sa langue. La conférence était en français, comme toutes les conférences qui se font dans ce cercle, qui est un petit coin de France; notre consul, M. Pernet, présidait. Le français de notre Mobed n'est pas toujours d'une pureté parfaite, mais il est infiniment au-dessus du français impérial de Téhéran et je ne sais pas beaucoup de Français qui pourraient faire une conférence en un guzerati qui vaille le français de Jivanji Modi.

Paris, nous dit M. Modi, est aussi célèbre dans l'Europe moderne que Samarcand et Bokhara dans l'Asie ancienne. Vous vous rappelez les vers de Hafiz : « Si cette belle de Shiraz en sa main recevait mon cœur, pour le grain de beauté de sa joue je donnerais Samarcand et Bokhara. » Comme le mage récitait ces vers à un *five o'clock*, chez un de ses amis, mi-oriental, mi-parisien : — Mais c'est du Molière retourné, votre Hafiz, lui dit l'hôtesse :

> Si le roi m'avait donné
> Paris sa grand'ville,
> Et qu'il me fallût quitter
> L'amour de ma mie,
> Je dirais au roi Henri :
> Reprenez votre Paris ;
> J'aime mieux ma mie, ô gué,
> J'aime mieux ma mie.

Et cette rencontre inattendue entre Hafiz et Molière commença à adoucir les dispositions du mage en faveur du Bokhara de l'Occident. Ce n'était pas, en effet, sans un certain pré-

jugé défavorable qu'il venait à Paris. Paris est
bien une ville vénérable pour un Parsi, surtout
pour un prêtre parsi, comme étant la patrie
d'Anquetil-Duperron et de Burnouf, les deux
grands *aêthrapati* qui ont ranimé la tradition
à demi éteinte de la science zoroastrienne ;
mais Paris est en République. Or, notre mage
était royaliste, par éducation, par tradition
religieuse et par souvenir de ses grands rois
de jadis, Cyrus et Darius, Ardéchir et les
Khosroès. Il avait lu d'ailleurs dans les journaux que les Français sont toujours en révolution et que leurs gouvernants même sont
toujours à se jouer de vilains tours les uns
aux autres ; mais six semaines à Paris changèrent toutes ses idées. Car il paraît que, si les
partis sont toujours à se disputer le gouvernement du pays, ils s'unissent tous, dès que se
lève une question qui touche à l'honneur du
pays, et il ne tarda pas à s'apercevoir qu'un
pays qui peut produire une exposition comme
celle de 1889 ne saurait être un pays tombé :
« Cette exposition, dit le mage, était une
réponse grande, forte et honorable à tous les
amis et tous les ennemis de la France. »

On croit que Paris a reçu son nom d'une petite peuplade celtique appelée les Parisii, c'est-à-dire peuples de la frontière, ce qui identifie Paris avec le noble mot *Pehlvi* de la vieille épopée persane. En quinze siècles, ce petit village celtique est devenu la reine des cités : il doit sa splendeur actuelle surtout à l'empereur Napoléon III et au baron Haussmann, qui fut pour Paris à peu près ce que Arthur Crawford a été pour Bombay.

Paris a des institutions de plaisir et des institutions de science. Le mage a étudié les unes et les autres. Il a admiré au bois de Boulogne « à quel point il est possible à l'homme d'unir son art à la nature pour le plaisir de l'homme ». Il a admiré « la galaxie de beauté » que l'on rencontre aux Champs-Élysées le dimanche à quatre heures :

« Vous y trouvez le Paris fashionable avec sa femme en voiture, à cheval et à pied avec ses enfants qui sont très occupés avec leurs marionnettes. »

Il a fréquenté les théâtres qui sont si utiles aux étrangers pour prendre la bonne prononciation : il a visité le Grand-Opéra, qui a coûté près de deux crores de roupies. Il a descendu, le soir, le boulevard des Capucines et des Italiens et en rapporté la conviction que Paris fête la *Divali* tous les jours.

Tel est le Paris qui s'amuse, tel qu'il a apparu aux yeux de notre mage, au bout de six semaines d'exploration, et, comme vous voyez, ce n'est pas le repaire impur que l'auteur de *Robert Elsmere* et de *David Greeve* y a découvert en huit jours. Parmi les institutions de science, notre mage a surtout remarqué le Collège de France et l'Institut. Le Collège est une institution qui encourage l'étude des sujets nouveaux : quand une chaire devient vacante, tous les professeurs s'assemblent et considèrent s'il est nécessaire de continuer la chaire.

« Par exemple, si la chaire d'égyptologie est vacante, ils se consultent pour savoir si l'étude de l'égyptologie est suffisamment avancée en France, si elle est capable de prendre soin d'elle-même. Si l'on décide dans l'affirmative, on change la chaire dans celle d'un autre sujet, par exemple l'assyriologie, dont l'étude demande un peu d'encouragement. »

Parmi les Sociétés littéraires, l'Institut est la plus célèbre du monde. Le mage est allé à la section des Inscriptions et Belles-Lettres et y a fait une lecture sur les ossuaires rapportés de Suse par M. Dieulafoy. Il a remarqué avec étonnement que les cheveux noirs sont très rares dans cette Académie. Une chose plus étrange, c'est le mode de recrutement de cette illustre assemblée.

En Angleterre et dans l'Inde, s'il y a une place vacante dans un corps savant, on considérerait comme indécent d'aller rendre visite aux électeurs et de solliciter leur voix. Cette démarche est de règle à l'Institut. On en donne une assez pauvre raison : c'est que l'Académie est une petite société où l'on doit discuter les questions dans un but d'amitié : il faut donc que le candidat gagne, avant d'entrer dans l'Académie, l'amitié de ses futurs collègues. Néanmoins, l'Académie travaille mieux qu'on ne l'attendrait d'après son recrutement bizarre. Ainsi, elle a pris un grand intérêt dans la découverte de la stèle de Chalouf, au canal de Suez, qui établit clairement que le canal fut creusé par Darius de Perse,

deux mille cinq cents ans avant M. de Lesseps.
M. Modi a aussi beaucoup admiré la Société
asiatique, présidée par le célèbre M. Renan :
il y a fait une lecture sur l'étymologie populaire des noms d'étapes entre Péchaver et
Caboul. Sur douze membres présents, il y en
avait quatre qui purent causer persan avec
lui.

La Société des étudiants offre un modèle
dont devraient s'inspirer nos Associations de
Bombay; quelle force gagneraient le Cercle
persan, l'Union médicale, l'Association des
gradués, l'Union Elphinstone, si elles se
groupaient en un corps unique, tout en gar-
dant leur indépendance ! Quoique la politique
soit interdite par les statuts de la Société, la
Société n'en exerce pas moins une influence
considérable sur les destinées du pays. Ainsi,
il y a quelques années, les rapports étaient
très tendus entre la France et l'Italie : heureusement, à cette époque, on fêtait dans une
Université italienne un jubilé auquel les étudiants de France furent invités comme ceux
des autres pays. L'admirable conduite de la
délégation parisienne, sa politesse, ses bonnes

manières firent un tel effet sur les Italiens que
la plus parfaite cordialité règne à présent
entre les deux pays.

Le mage n'a pas manqué de visiter la Bibliothèque nationale, grand édifice qui contient
vingt *lacs* de livres, dont un *lac* de manuscrits :
il y a feuilleté avec recueillement la collection
d'Anquetil-Duperron et les notes manuscrites
qu'il prit de sa main en 1760 à Surate, alors
qu'il étudiait sous le dastour Darab. Il est allé
au Louvre, — ainsi nommé parce qu'il y avait
là jadis beaucoup de loups, — voir la collection si intéressante pour un Parsi, rapportée
de Suse par M. et madame Dieulafoy. Il a visité
les églises et reconnu que les rites du christianisme et de la religion de Zoroastre sont à
peu près les mêmes. Il est enfin allé recueillir
à Versailles, aux Invalides, à Fontainebleau,
les souvenirs de la gloire tombée de Napoléon,
l'Alexandre du siècle. Il a remarqué dans une
chambre du palais de Fontainebleau une peinture excellente sur tapisserie représentant l'histoire de la reine Esther, une juive, qui, selon
la Bible, persuada au roi de Perse, de mas-
sacrer les Persans. A la visite du Shah à Paris,

on transporta dans son hôtel le mobilier de cette chambre, ce qui était soit une coïncidence étrange, soit un compliment délicat.

Macaulay a dit que la politesse est la bonté dans les petites choses. Les Français sont maîtres dans cette vertu et notre mage aurait emporté de Paris une impression sans mélange, n'était un trait de la vie parisienne qui le confond d'étonnement et de tristesse. C'est que la plus grande partie de la population vit dans le célibat. Il y a là quelque chose qui choque les sentiments d'un prêtre parsi. Car sa religion enseigne qu'Ormazd préfère l'homme marié au célibataire et l'homme qui a des enfants à celui qui n'en a pas. A Dieu ne plaise que jamais les Parsis empruntent ce mal à la civilisation de leurs homonymes les Parisiens! car il est dit dans la dix-septième Porte du Sadder qu'un fils est le pont qui nous fait passer au paradis par-dessus les terreurs de l'enfer; et, quand le célibataire arrivera en vue de l'autre monde, les anges lui diront:

« Qui as-tu laissé dans le monde pour prendre ta place? »

Et ils le laisseront en proie aux démons d'Ahriman, et il sera comme un voyageur poursuivi par les loups qui s'enfuit jusqu'à la rivière et, acculé à la rive, s'écrie :

« Hélas ! hélas ! pourquoi jadis n'ai-je pas ici jeté un pont ? »

FIN

# TABLE

IMPRIMERIE CHAIX, RUE BERGÈRE, 20, PARIS. — 14958-9-95. (Encre Lorilleux)

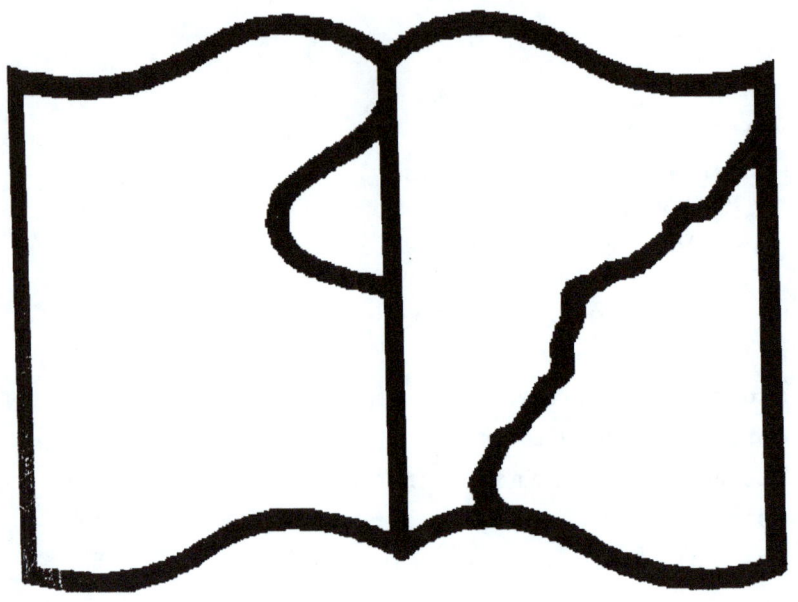

Texte détérioré - reliure défectueuse

**NF Z 43**-120-11

Contraste insuffisant

**NF Z 43**-120-14